Junior's
Dream

Junior's Dream

Rodolfo Alvarado

PIÑATA BOOKS
ARTE PÚBLICO PRESS
HOUSTON, TEXAS

Piñata Books are full of surprises!

Piñata Books
An imprint of
Arte Público Press
University of Houston
4902 Gulf Fwy, Bldg 19, Rm 100
Houston, Texas 77204-2004

Illustrations by Mora Des!gn Group
Cover design by Mora Des!gn Group

Names: Alvarado, Rodolfo, author. | Ventura, Gabriela Baeza, translator. | Alvarado, Rodolfo. Junior's dream. | Alvarado, Rodolfo. Junior's dream. Spanish.
Title: Junior's dream / by Rodolfo Alvarado = El sueño de Junior / por Rodolfo Alvarado ; traducción al español de Gabriela Baeza Ventura.
Other titles: Sueño de Junior
Description: Houston, Texas : Piñata Books, Arte Público Press, [2020] | Audience: Ages 12-16. | Audience: Grades 7-9. | English and Spanish. | Summary: During their annual trip to West Texas to pick cotton, an accident shakes the Hernández family to its core, leaving them in fear for thirteen-year-old Junior's life and worried they may not be able to earn enough money to see them through the coming year.
Identifiers: LCCN 2020011495 (print) | LCCN 2020011496 (ebook) | ISBN 9781558859005 (trade paperback) | ISBN 9781518506161 (epub) | ISBN 9781518506178 (kindle edition) | ISBN 9781518506185 (adobe pdf)
Subjects: CYAC: Migrant labor—Fiction. | Family life—Fiction. | Mexicans—Texas—Fiction. | Texas—Fiction.
Classification: LCC PZ73 .A493515 2020 (print) | LCC PZ73 (ebook) | DDC [Fic]—dc23
LC record available at https://lccn.loc.gov/2020011495
LC ebook record available at https://lccn.loc.gov/2020011496

Based on the short story published in
Somos En Escrito: The Latino Literary Online Magainze.

Printed in the United States of America
June 2020–July 2020
Versa Press, Inc., East Peoria, IL
5 4 3 2 1

For my mom, wife and children

" . . . Full opportunity for children's play is the first thing democracy will provide when it shall have truly been established."

—Joseph Lee
Father of the Playground Movement

Table of Contents

CHAPTER ONE
Northward Bound 1

CHAPTER TWO
The Line 7

CHAPTER THREE
The Neighborhood 15

CHAPTER FOUR
The Camp 27

CHAPTER FIVE
Working 36

CHAPTER SIX
The Snake 48

CHAPTER SEVEN
Healer 57

CHAPTER EIGHT
Waiting 70

CHAPTER NINE
Our Sundays 77

CHAPTER TEN
The Last Day 88

CHAPTER ELEVEN
Just Two 93

CHAPTER ONE

Northward Bound

On the Saturday evening before my *familia* drove to the cotton fields of West Texas, everyone had a job to do. My sisters, Lala (Eulalia) and Esmeralda, helped my mother pack our suitcases, and my brothers, Juan Daniel and Oscar, helped her pack everything else. It was my job to wash La Blanca. She was a 1951 Chrysler Town & Country station wagon Uncle José sold my father in 1959. She had a few rust spots, here and there, but she was dependable and fast. By the time I was done with her, she shined like new.

Before the sun came up the next morning, everything we needed for the trip was loaded on top of La Blanca, covered with a tarp and tied down. My brothers and sisters rode in the back. Since I was the oldest, I got to ride in the front with Papá and Mamá.

Before we left, Mamá always prayed for us to have a safe journey. This time, to everyone's surprise, once Papá started La Blanca, she turned on the radio. She had never turned on the radio before we were on the highway. But this time, she turned it on right away and even turned it up louder. I think she did this to make Espy feel special.

Espy was my littlest sister. Her real name was Esmeralda, but we called her Espy because, when she was a baby, she wanted Mamá to hold her all the time.

"Esmeralda," Mamá would joke, "you're like an *espina*, a thorn always sticking to me."

This was the first year Espy would be joining us picking cotton. In the years before she turned eight, she had stayed with my grandparents Daniel and Cruz, just as my brothers and sisters and I had before we turned eight.

✳ ✳ ✳

It usually only took seven hours to drive from our home in Piedras Negras, Mexico, to the cotton fields of West Texas, but now that all of my younger siblings were traveling with us, it took an hour longer, since we had to stop again and again so that each of them could use the restroom. To be honest, I didn't really mind.

Ever since I was a little boy, I loved listening to Spanish music while we drove down the highway. So the longer it took, the better. The rhythm of the music always seemed to match the hum of the car's engine. I listened no matter what the words to the songs were. The *cumbias* put me in the mood to dance and the *corridos* made me sit back and think about life. But my favorite part of the trip was when the young ones fell asleep and I pretended to be asleep too. It was then that Mamá turned off the radio, and Papá checked the rearview mirror and whispered, "*Mira.* Look."

Thinking we were asleep, Mamá did what she always did: she looked at me and then turned and looked at my brothers and sisters, saying, "Our babies, they're growing up too fast."

As always, Papá agreed and then squeezed my mother's hand. Then they'd face the road ahead together.

After this, I normally drifted off to sleep and didn't wake up until we stopped at a gas station to use the restroom. As my siblings climbed out of La Blanca, moaning about this and that, Mamá told them to hurry and to wash their hands with soap. Then, she started looking up and down the highway with a worried expression on her face.

Most of the cars and trucks passing by were loaded with farmworkers. Some of them slowed and pulled into the gas station, to get gas or to wait their turn to use the restrooms. But that didn't matter to Mamá. She kept a lookout just the same. When the young ones came out of the restroom and asked if they could buy a Coke or walk around for a few minutes, she told them

that instead of thinking about spending money or taking a walk, they should be helping her keep an eye out for the Border Patrol.

The mere mention of La Migra—that's what we called the Border Patrol—was enough to scare any kid. Those two words coming out of your mother's mouth were enough to make you start praying with all your might that the Border Patrol wasn't coming down the highway.

From the time I made my first trip to visit relatives in the United States, my parents had always warned me about La Migra: "Your aunt and uncle have permission to live in the USA, but we do not."

"So," Papá would then say, "if we are ever stopped by La Migra, do not say a word. Let me and your mother do the talking. If they ask you a question, you say, '*No hablo inglés.*'"

"You understand?" Mamá asked. "*¿Entiendes?*"

I answered, "Yes."

My brothers and sisters learned the same lesson by heart.

For a long time I wondered why my parents asked us to lie about not knowing English. We'd learned how to read and to speak English in school and we'd gotten even better from visiting our cousins who lived up north. It wasn't until I asked my cousins about it that I understood why we had to pretend. They said if I told the Border Patrol I spoke English, they'd have me translate for my parents certain questions.

"Questions?" I asked them. "What kind of questions?"

"Like where you live," they said, "or where you were born, or if you have a green card."

"A green card? What's that?"

"It's a card that says you have permission to be in the United States."

"And what happens if you don't have a green card?"

"They'll put you and your family in jail."

"In jail?"

"In jail," they answered, "for a long, long time."

I'd never asked my parents about it. But as we all got back into La Blanca and pulled out onto the highway, I could tell by the relief on Mamá's face that what my cousins had said was true.

CHAPTER TWO

The Line

By the time we reached the farmers' co-op office where we'd be asking for a job, the line of hopeful workers stretched from the office's screen door to the dirt road. After parking in the nearest possible spot, Papá told me to hurry up and come with him.

He handed Mamá the car keys and said, "Here, in case you need to move La Blanca."

I got in line. When I looked back, I could see my brothers and sisters acting silly in the back of La Blanca. Mamá was in the front seat staring straight ahead. The top of her face was in shadow and the bottom half was lit by the sun. I could tell she was praying. She always prayed until she knew, for sure, we had the job that would give us enough money to see us through the rest of the year.

Mamá noticed me and waved. I didn't play silly baby games anymore, but to make her feel better, I hid behind Papá and then peeked at her before hiding again. Her smile was big, as I kept hiding and then peeking out at her, it grew bigger and bigger. I'd played peekaboo with her ever since I was a baby. I was thirteen now, about to be fourteen. We were just starting to have fun, when Papá asked me to go get the letter of permission to work from the American government. He'd forgotten it in the glovebox of the car.

I ran up to Mamá and explained what had happened. She found the letter right away and, as she handed it to me, she said, "Standing in line, Junior, you look like a big boy."

Hearing her, my siblings made funny faces at me behind her back. I didn't let it bother me because they were babies and I was almost grown.

As I walked back to join Papá in line, some of the farmworkers started looking at me kind of funny. I think they thought I was cutting in line. To remind everyone that I'd been in line before, I waved the letter, yelling, "¡Papá, Papá, I found the letter!" Some stopped staring, but others kept looking at me until I handed the letter to Papá and took my place back in line.

It took close to thirty minutes for me and Papá to reach the front of the line. When we did, Papá handed the letter to the foreman, a tall *americano* wearing a cowboy hat. He seemed to stay mad from sunup to sundown.

He plucked the letter out of Papá's hand, looked it over and asked, "You, Emilio Faustino Hernández, Sr.?"

Knowing the foreman was always in a hurry, Papá answered his questions as fast as he could: "Yes."

"From Piedras Negras, Mexico?"

"Yes."

"Speak-ah da English?"

"Yes."

"How many to work?"

"Seven."

"That includes you and your wife, right?"

"Yes, and our children."

"How old are they?"

"Junior's thirteen, Lala's twelve, Juan Daniel's . . . "

"I don't need their names, damn it, just their ages. How old are they?"

"Thirteen, twelve, eleven, nine and eight."

"The eight-year-old? Is that a boy or a girl?"

"A girl."

"This her first time pickin'?"

"Yes, sir."

"You think she's ready? We got us a big crop this year. We're gonna need everybody workin' every minute of every hour of every day. We don't need her slowing you or your wife down, *¿comprende?*"

"No, *señor*, she will do a good job . . . all of them will do a good job. Four of them were here last year."

Leaning forward on his desk, his eyes getting meaner, the foreman said, "She better, or you'll find yourselves out of a job quicker than you can say Speedy Gonzales."

"*Sí*," Papá said, "yessir."

The foreman wrote my father's name in a red book with blue-lined pages. Next to his name, in the column for men, he wrote a one. In the column for women, he wrote a one, and in the column for children, he wrote a five, then he told Papá how much we were getting paid.

Since I'd waited in line, the most we'd ever been paid was fifteen cents for every pound of cotton picked. So, when the foreman said we'd be making thirty cents a pound, Papá turned and looked at me. I could tell he was wondering if I'd heard the same thing.

I had.

I was thinking the foreman had gone *loco*—crazy *loco*—and I knew Papá was thinking the same thing, too.

The foreman wrote how much we were getting paid on a yellow card that looked the same as the one he gave us every year. Then he asked if Papá wanted to rent a camp house.

"Yes," Papá answered, "please."

The farmworkers rented these little camp houses from the farmers. The cost to rent one changed from year to year. If you were paid a lot, a *casita* cost a lot. If you were paid little, a *casita* still cost a lot, but not as much as if you were getting paid a lot. If you wanted, you could rent a place in Lohrann, the closest city to where we worked, but it cost way more than a *casita*, and you had to drive to work every morning. So most workers rented a *casita*.

"It'll cost you thirty-five dollars a week," the foreman said. "You still want it?"

"Yes," Papá answered. "It's okay."

In the past, we usually worked about twelve hours a day, during which time my family would pick at least six hundred pounds of cotton. I knew there'd be no problem paying the rent and making enough money to see us through the rest of the year.

The foreman wrote the letter and number C-8 on the yellow card he gave to Papá. The letter stood for the camp and the number for the *casita* we'd be renting. There were five camps and each camp had ten *casitas*. So far, I'd stayed in A-2, B-7, E-4 and E-8.

"Sammy Bravo is your crew chief," the foreman said. "He'll be driving you to work at six tomorrow morning and at the same time every morning after that. If you're late, you'll be left behind. If you, or anyone with you, is late a second time, you're all fired. *¿Comprende?*"

"*Sí*," Papá said, "of course."

For some reason, work trucks drove the farmworkers from the fields closest to their camp to the fields a little farther away. During my first trip, I had asked my father why they did that. He said the farm owners and the foreman were afraid people would try to sneak into their *casitas* for water, to eat or to get out of work if they worked in the fields closest to their *casitas*. That made no sense to me. Why did they think we were here if it wasn't to work and make money?

Seeing that Papá understood what he'd told him so far, the foreman then said, "Since we have a bumper crop this year, we'll be working seven days a week. *¿Comprende?*"

"Seven days?" Papá asked.

"Seven days," the foreman said. "You got a problem with that, there's the door."

"*No, señor*," Papá said, "no problem."

Done with us, the foreman yelled, "Next!"

My father thanked him and, as we walked out of the office and past the other workers in line, Papá's walk was tall and proud. Mine was almost the same.

When we got back to La Blanca, Papá handed the yellow card to Mamá.

As she read it, her eyes got big. "Is this for real, Emilio? Thirty cents a pound?"

He nodded up and down and announced, "You got it! Thirty cents a pound!"

Mamá giggled as she held the card against her heart. She closed her eyes, prayed and, saying, "Amen," crossed herself.

"But there's only one thing. . . . We have to work seven days a week."

"Seven days?" Mamá repeated in shock.

"Seven days," Papá echoed, quietly.

I didn't know if my parents had ever worked seven days a week, but I knew me and my brothers and sisters hadn't. Working six days a week was hard enough, so I knew working seven was going to be even harder, especially for Espy.

"What about church," Mamá asked, "and the store?"

With a smile and a wink, Papá started La Blanca and said, "Don't worry, we'll find a way. We always do."

Mamá didn't say anything. I knew then that she'd found something new to pray and to worry about.

CHAPTER THREE

The Neighborhood

Every year since we started coming to El Norte, our parents had been taking us to Campesino Park and then shopping at El Conejo. The park as well as the store were in the Coronado neighborhood in the northwest part of Lohrann. Campesino Park was named in honor of the farmworkers, like my grandparents, who had camped there when they first started traveling to West Texas to pick cotton. The Coronado barrio was named for the Spanish explorer, Don Francisco Vásquez de Coronado, and the city of Lohrann was named for the son and daughter of the city's founder, Dr. Harold K. Jackson.

During the twenty-five-mile ride to Coronado, I did nothing but look out the window at the rows of cotton we passed on the way and at the sun bouncing off the asphalt ahead of us. As I looked at the rows of cotton flashing by my window, they looked like the legs of a giant wearing striped pants who was walking beside me. When I looked at the sun bouncing off the asphalt way ahead of us, it looked like a giant puddle on the road that our car never reached, only moving further down the road as we got closer to it. About the only thing that could take my mind off the giant walking beside us or the puddle ahead of us was the stream of farmworkers who passed us along the way. Most waved, and some slowed down to ask where we were from.

"Piedras Negras," Papá would yell. "*¿Y ustedes?*"

"*De* Matamoros," some yelled.

"*De* Washington," others answered.

"*De* California . . . "

Some asked if they were heading in the right direction to get to Coronado.

"*Sí,*" Papá would yell, "just a few more miles!"

When you asked where the workers were from, you never knew what they'd say. This made for a fun guessing game. The way it worked was, just as they pulled up beside us, we all yelled out where we thought they were from. Whoever guessed right, flapped their arms like a chicken and crowed like a rooster: "Cock-a-doo-dle-do!" There was nothing better in the whole wide world than seeing your father or mother crowing like a rooster and flapping their arms like a chicken. On second thought, maybe the shocked look on the faces of the farmworkers who saw us crowing and flapping was even better. They'd watch from the truck bed or lean out the passenger window and stare at us.

Those were the good ol' days, when having brothers and sisters to take care of didn't seem like a pain in the butt. Yes, I loved them, and I knew they loved me, but sometimes I wished they'd just hurry and grow up.

* * *

Getting closer to Lohrann, Papá pointed up ahead and announced, "We're almost there."

I sat up and my brothers and sisters moved to where they could look out the windshield of La Blanca.

"That's it, Espy," Oscar cried, pointing, "the Lone Star Building! It's twenty stories tall!"

"And get ready," Juan Daniel said, "'cause when we get in the city, there's a lot of cars and houses and buildings . . . "

Espy interrupted him, asking, "And Coronado, when do we get there?"

"In about ten minutes," Papá said.

"Ten minutes," Espy whined, "ten minutes is a long time! I wish we could get there sooner."

It took a little more than ten minutes before we crossed over the railroad tracks into the Coronado neighborhood, but when we did, Espy went crazy. She started pointing here and there and everywhere, saying, "Look, there's Flores' Barber Shop, Patsy's Shoe Store, La Fiesta Restaurant, Alex's Fill-Up Station, the Salvation Army Store and a newspaper, *El Editor*."

"And the church?" Espy demanded to know. "Where's the church?"

"Down that way, Espy," Mamá said, pointing.

"St. Joseph's!" Lala cried out. "Wait until you see the inside, Espy, it's beautiful."

I wanted to say something about us working seven days a week and not being able to go to church until we got back home, but I knew it was something that my parents would have to explain to my brothers and sisters. So I decided not to say anything.

A split second later, Espy started yelling, "The park, Campesino Park! I see it! I see it!" Hearing the excitement in her voice and seeing the wonder in her eyes, I was reminded of the stories my parents and grandparents had shared about the times they'd spent at Campesino Park when they were young. I still remember the wooden seesaw that gave me a splinter every time I went for a ride and the wooden swing set that let you swing high enough to touch the sky. My parents warned us about the tire swing always being so hot you couldn't play on it and the monkey bars where we needed to be careful not to fall and break an arm.

I remembered my grandfather had said he fell off the monkey bars and broke his arm in three places. "But," he said, "I still picked cotton with one arm faster than anybody else."

They'd laugh and then get quiet again.

Then Mamá said, "Our parents, loved that playground like me and your papá do. Now, all of you will, too."

Papá added, "They might have replaced the playground equipment, but they'll never replace our memories."

Campesino Park was waiting for Espy: for her laughter, her joy and her memories to be formed.

With the other workers arriving in Coronado to pick up supplies or to let their children play in the park, it took us a few minutes to find a place to park. When we did, Espy was the first one out of the car.

Mamá told her to calm down, then turned to Lala and said, "Take Espy to the park and be careful crossing the street."

"You tell that to Espy, Mamá," Lala complained. "She's too excited. You saw her."

"Espy," Mamá commanded, "you better listen to your big sister. Understand?"

"Yes, ma'am," Espy said. "I promise."

"Junior, you and Juan Daniel help me and your father. Oscar, you go with Lala and Espy."

With a final goodbye, Lala led Oscar and Espy down the sidewalk and across the street. Watching them walk away, I could see how much they'd grown from the year before. It reminded me of something Papá had said to me: "Time stands still for no one."

"Juan Daniel," Mamá ordered as she emerged from the station wagon, "here, you carry the burritos. . . . And Junior, you carry the picnic basket. Papá, you carry the blanket and water. I'm going to the church. The three of you can go to the park and get everything ready for the picnic. And don't worry, it won't take me very long." Without another word, Mamá walked away.

We walked up the street to the park. When we got there, Papá spread out the blanket under the shade of the tallest tree. I put down the picnic basket, and Juan Daniel the sack of burritos. Then Papá said we could go and play, that it was okay.

I looked at Juan Daniel, and he looked at me. "Go ahead," I said to him. "I'm alright."

Juan Daniel didn't need to be told a second time. He ran off and before long was playing with some kids.

"You can go and play too," Papá said.

"It's all right," I said. "I don't feel like it."

"Are you sure?"

I said I was sure, but I really did want to play, especially since I knew we'd be working seven days a week. But I was afraid I'd look silly, like a baby.

I guess he read my mind because he said, "You know, Junior, a man is never too old to have fun, especially when it comes to having fun with his family. Now, go on. Go and play."

He grinned and winked at me.

I grinned and said, "Okay, I think I will."

I took off running and as I got closer to the playground, Espy came running up to me. "Junior, Junior, help me, please!" she shouted. "We're playing hide-and-seek, and I can't find anybody."

"No problem," I said, "I can help."

We took off searching for the kids.

After Espy and I found everyone, we all played a game of chase, freeze tag, Duck, Duck, Goose and Red Rover. While standing on the top rung of the slide's ladder, I could see my parents on our blanket. I wondered what they were talking about. I wondered if I'd ever fall in love, get married and have children of my own. It was then that Papá put his hand on Mamá's cheek, and they kissed.

Then Mamá got everything ready and called for us to come and eat. I could tell everybody was hungry, since they came running right away. But me? I waited for my brothers and sisters to be served first.

Before we ate, we said a prayer of thanks. Then Papá said that he had something to tell us. We got quiet. We knew that when Papá had something to say, it was always important. Even though I knew what it was about, I was kind of worried, because, as Papá always said, "You never know anything until you know it."

"When we were hired today," Papá started, "the foreman said we'd make some good money, and for that I am grateful. But he also said that we'll be working seven days a week."

"Seven days," Mamá echoed.

"It's not easy," Papá said, "but your mother and I want you all to do your best. Remember, if you ever get so tired that you want to quit, don't be afraid to tell us.

"Nothing in this life is easy, but when you have family to help you carry the load, nothing is too hard to overcome. Never forget that, never."

"What about church?" Lala asked.

"We can't go," Mamá said, "but it doesn't mean we can't pray on Sundays. We can, and we will."

"You promise?" Espy asked.

Mamá gave her a hug and said, "I promise."

I looked at my brothers and sisters. I could tell that they weren't thinking about what Papá had said. They were too busy eating and talking about what they wanted to play next.

As soon as Papá was done, he stood up and said, "I'm ready for some chase. What do you think, Mamá? Think you're fast enough to catch me?"

After taking her last bite, Mamá stood up and said, "I'm fast enough to catch you!"

There was a second when we didn't know what would happen next. Then all of a sudden, Mamá ran after Papá just like she'd done every year since we'd stopped at Campesino Park. She tagged him, and then he tagged her. When me and my siblings took our last bite, we chased the both of them, too. We ran and ran until we tagged them. Later, our mother and father pushed each other on the swing, took turns going down the slide and then they got on the merry-go-round, making it spin fast, but not too fast. They laughed and laughed. We were all so happy to have gotten hired for the harvest and to be able to enjoy the park.

When the sun started to set and there were too many mosquitoes, my parents walked over to El Conejo grocery store to pick up some chorizo, flour, eggs, milk, coffee, ice and toilet paper. While my folks shopped, I had to take care of the young ones. Normally, they were loud, but this time they were all so tired

that they sat in the back of La Blanca quietly, resting up after having run all over Campesino Park.

As for me, I closed my eyes and listened to them whispering to each other. I was reminded that I'd done the same thing when I was little, of growing up and of how all things must pass.

CHAPTER FOUR

The Camp

When we got to Camp C, our first stop was at *casita* No. 1, where the crew chief always lodged, no matter the camp. My father had to check in and sign for the key that would unlock the door to our *casita.* He would also be given a sheet of paper with the camp rules:

- No Drinking.
- No Loud Music.
- No Visitors from the City.
- No Fighting.
- No Fires Outside the Firepits.
- Anyone Not With You Cannot Sleep in Your Casita.
- Do Not Share the Water From Your Casita With Anyone.
- If You Have a Problem with a Neighbor, Take It to the Crew Chief. He, and Only He, Will Decide Who's Right and Who's Wrong. If You Do Not Agree With His Decision, You Are Free to Leave, Without Being Paid.

The rules, everyone agreed, were fair. If you knew what they were from the beginning and you broke one, it was nobody's fault but your own.

Papá parked next to the crew chief's giant truck, walked up to the door and knocked. A few seconds later, the crew chief opened the door.

"*Hola, señor*," Papá said. "I'm Emilio. Emilio Hernández, from Piedras Negras."

As they shook hands, the crew chief said, "Sammy, Sammy Bravo."

"Pleased to meet you," Papá said.

"Same here," the crew chief said.

Motioning behind him, Papá said, "Me and my *familia*, we're in C-8."

The crew chief walked back into his *casita* and came back with a clipboard, the key to our *casita* and a sheet of paper with the rules. He handed the key and the rules to Papá and then held out a pen and the clipboard.

"Sign here," he told him. "You lose the key, it'll cost you thirty dollars to replace."

"Yes," Papá said, "of course."

"You ready for tomorrow?"

"Yes," Papá said, "we can't wait."

"That's what I like to hear," the crew chief said. "We'll see you in the morning, six o'clock sharp. If you need anything before then, please let me know."

They shook hands one last time, and Papá came back to La Blanca.

Sammy waved to us and wished us a good night, then he closed the door to his *casita.*

By now, some of those staying at the camp were having dinner or were gathered around one of the two firepits we could use for campfires. One of the firepits was for men and the other for women. No one knew why it was this way, and no one asked; it was just the way things were. At the men's fire, someone was playing guitar and someone else was playing harmonica, while others sat talking. At the women's fire, someone was mending a shirt and someone else tended a pot of coffee, a few sat talking. Children ran around here and there, their mothers calling for them to be careful with the fires and not to run off too far. In the shadows, single young men were talking to young ladies.

The doors and windows of most *casitas* were still open, a sure sign that those inside were trying to get fresh air in and the stale air out. All around was the unmistakable scent of tortillas and the rich sound of Spanish being spoken.

As we passed by the *casitas,* their occupants waved and called out a *"¡Bienvenidos!,* welcome!"

Pulling up to our *casita,* Espy asked if she could unlock the door. Mamá said she could, but just this one time. All excited, Espy took the key, and with a little help from Papá, unlocked the door and turned the doorknob. The door slowly opened like it was welcoming you to a secret world that had never before been seen.

Then Mamá told us boys to help bring everything inside while she and my sisters cleaned and dusted.

Inside, *las casitas* were all the same. You walked into a single big room. Part of it served as a living room, the other part as a kitchen. The only door inside opened onto the restroom. We only had cold water. The floors were made of cement and the walls were made of cinder blocks. The living room had a small table, two chairs, a coffee table, two lamps and a small bed. My sisters would sleep in the bed and the rest of us would sleep on the floor. There were no bedrooms.

The kitchen had a small refrigerator, a small stove and a plug to the left of the sink for our radio. A cabinet hung above the sink. Inside there were different colored plates, glasses and bowls made from metal, and under the sink were some pots, pans and a box of forks and spoons for eating and cooking. Mamá never used any of those things; she brought her own.

Because there was no room in the cabinets, Juan Daniel and Oscar built a pyramid out of the cans of food we'd brought with us that leaned against the wall in the kitchen. We iced down the meat that didn't fit in the refrigerator in one cooler, and in the other, put the extra bag of ice. We used this ice in our drinks or to suck on when it got too hot. The ice was replaced just as soon as it had to be or when we had to buy some meat, which was every three or four days.

The restroom had a toilet, a small shower and one hook for towels. Mamá made us take a shower every night. I didn't mind. I was the oldest, which meant I got to go first, once Mamá and Papá were done.

There were only two windows: one beside the front door and a smaller one in the restroom. From the restroom window, I could see the cotton fields and the clotheslines where we hung the wet clothes Mamá washed every Wednesday and Sunday.

I liked looking out the restroom window. I'd think about those in my family who'd worked the fields before us, and then, I'd whisper a prayer of thanks for them having been here before me. Next, I'd say a prayer for those who'd be working the fields with us, a prayer that their hopes and dreams would come true. Then I'd use my pocketknife to scratch a small cross under the window frame. To see it, someone would have to be looking for it. It was a gift for anyone special enough to find it.

For dinner, we had the burritos from the second sack Mamá had made for us that she'd kept at her feet in the front seat of La Blanca. She kept them there so no one would get hungry and eat them. Mamá never cooked dinner on our first night at the camp. There was just too much to do, but she always managed to put a pot of beans on to cook and make a giant batch of tortillas by the time we got to bed. In the morning, she'd use the *frijoles* and tortillas to make our lunches.

When dinner was over, we laid out what we'd be wearing to work the next day, then we changed into our pajamas. Since the *casitas* got really cold at night, we had to wear pajamas. While waiting for our turn to use the restroom so we could change, we picked our spot on the floor and laid out our sleeping bags and pillows. Then before bedtime, Mamá gave us each a special treat: one of her freshly made tortillas smothered in butter! They were warm, delicious and smelled like heaven. Afterwards, we brushed our teeth and, when we were huddled inside our sleeping bags with our heads resting on our pillows, we offered a prayer of thanks. Then we wished each other goodnight.

Laying in our spots, we watched Mamá set up the small altar around the crucifix she'd carried with her ever since she'd worked the cotton fields as a little girl. She placed it on the coffee table next to the front door and next to it she lit a prayer candle with a picture of the Virgin of Guadalupe on the front. She knelt down in front of it and prayed for a few seconds, then she took out her rosary from its black velvet pouch and bowed her head. She was about to begin her nightly Rosary when Espy suddenly whispered, "Mamá, I can't sleep."

"You just laid down, baby. Give it some time."

"Okay," Espy said, sadly, "I'll try."

There was silence, but only for a few seconds before Espy asked, "Hey, Papá, do you think it'll be hot tomorrow?"

"I think tomorrow will be what tomorrow will be," he answered.

"What does that mean?" Espy asked.

"Ask *Diosito*," Mamá whispered. "God will tell you. Now go to sleep, *m'ijita*, we have a long day tomorrow."

Me and my siblings knew exactly how Espy felt. We'd been just as excited as her the night before we worked the cotton fields for the first time. We also knew that it would be the last night she'd be too excited to sleep because every night after that, Espy would be so tired

from work that she'd fall asleep as soon as her head hit the pillow.

Soon, the only sound that could be heard was Mamá's fingers working the rosary beads. It was the sound that I'd fallen asleep to on my first night in El Norte and every trip since then. And now that I was here again with my family, I gave thanks for them and asked God to watch over us as we prepared to work seven days a week for at least the next four or five weeks.

CHAPTER FIVE

Working

Everyone was up by four-thirty the next morning, and every morning after that. The first thing I heard when I woke up was Espy asking Mamá if she needed help getting us up.

Mamá answered, "No, it's okay, Espy. They'll get up."

Mamá was right, the rest of us didn't need any help getting up.

For breakfast, Mamá made *atole de avena,* oatmeal. On a chilly fall morning, when days were becoming shorter, there was nothing better than a steamy hot bowl of my mother's *avena,* flavored with cinnamon and a slice of butter melting on top. We ate our breakfast and then waited for our turn to use the restroom.

When we were finished dressing, we made sure that our lunch, our gloves and our handkerchiefs were packed inside the satchels each of us carried. We also made sure that our hats and the sacks that we used to pick cotton were nearby and ready to go when it was time.

Before we left for the fields, Mamá handed me, Papá and Juan Daniel a gallon of water each. Me and Papá would carry our water with us while we worked and we would share it with everybody during lunch and water breaks. The water Juan Daniel carried, we'd leave in the truck just in case we couldn't refill the one-gallon bottles Papá and I carried to the fields.

Papá led us in prayer. It was something he did every year. When he said, "Amen," we crossed ourselves and then stepped out into the cold morning air. We waited for Papá to lock the front door, then made our way to Sammy's truck. As we walked along, Papá reminded us not to eat until the foreman gave us permission. That way, we'd make our lunch last the whole day. He also warned us to drink our water slowly or we'd get sick.

Then, looking at Juan Daniel and Oscar, he said, "No racing, understand? And no getting too far ahead of each other."

As we joined the rest of the farmworkers, young and old, waiting in line to climb into the back of Sammy's truck, Papá told us to make him and our mother proud.

Me and my brothers and sisters knew that this meant that the time for acting silly was over. If Espy hadn't fig-ured it out by now, all she had to do was act silly, just once, and she'd find out.

While everyone settled into their places on the truck bed, Sammy closed and latched the tailgate and asked if we were all ready. After a few yeses were called out, he took his place in the driver's seat. It wasn't but a second later that El General—the nickname I'd given Sammy's truck— backed up and, with a turn here and another one there, found the asphalt road that led to the cotton fields we'd be working on.

Riding along, you always hoped that the tall wooden sideboards surrounding us on three sides would be enough to keep out the cold morning air, but they never were, not even this time. As we rode along, the workers took their gloves out of their satchels to keep their hands warm. The fingers of the gloves were cut away so picking cotton would be easier. Mamá put hers on and then Espy copied her.

The cold was something you could try to do something about, but there was nothing you could do about the bumps and potholes on the road. We'd rock from side to side and up and down until El General slowed and turned off the paved road and onto a dirt road that was even worse.

It didn't take long for Espy to ask Mamá how much longer before we'd reach the field we would be working.

"Ten, fifteen minutes," Mamá answered.

Then Espy complained, "Mamá, this road's too bumpy."

"Don't worry," Mamá reassured her. "I bet we're almost there."

The best part of the ride to the fields was when the truck came to a stop and our mother announced, "We're here." The worst part was when I heard the sound of the foreman's horse snorting and the foreman yelling: "You, and you, start here! You two next to them, there! You, you, and your family, take these three rows, and you, you and you, take the rows next to them!"

The foreman was mean, twenty-four hours a day. If you didn't do exactly as ordered, he'd yell, "No, damn it! Listen! Not this row! The next one over! You do speak-ah la English? Don't 'cha?!"

By the time the foreman assigned rows to our family, other workers were already way down their rows. It didn't matter, though, because we were here to do the same job: to pick cotton as fast as we could. The more you picked, the more money you made.

Standing at the start of our rows, Espy draped the straps of her satchel and her cotton sack over her head and across her body. Then, looking around, she exclaimed, "*¡Miren!* Look at all the cotton!"

Papá pointed from one end of the cotton field to the other and said, "The cotton from way over there to over there, we're picking it all!"

Confused, Espy asked, "All of it, Papá? That's a lot."

Sighing, Oscar cried, "Not all of it, Espy, but we're gonna try . . . right, Papá?"

"That's right," Papá answered as he slipped the straps of his satchel and cotton sack over his head and shoulder.

The foreman assigned the rows, but who worked each row was left up to the leader of a group or family. This time, Papá put Mamá and Espy in the row between him and me, and Lala in the row between Juan Daniel and Oscar.

Before we started working, we prayed for God to bless us and our work.

Once we said, "Amen," and crossed ourselves, Papá asked, "Are you all ready?"

"*Listos*," we all announced.

"Espy?" he asked.

"*¡Lista!*" Espy cried.

"Well then," he exclaimed, "to work!"

We moved fast, our hands plucking cotton like a musician plucking at the strings of a guitar. It was a way of

thinking about picking cotton that we'd learned from our grandparents. "You don't pick cotton," they'd taught us, "you pluck it. Like you pluck the strings of a guitar."

To pick cotton, you had to be careful. You could easily nick your fingertips or poke yourself under your finger-nails with the cotton burrs and slivers that grew along the edges of a cotton boll, which is the "fruit" that grows on the cotton bush. The nicks, which were really small cuts, hurt, but getting poked under your fingernails hurt even more. You had to get used to it, since no matter how hard you tried, you would get poked and nicked. And the nicks were going to bleed.

Cotton grows inside a cotton boll, which is the size and color of a lime growing on a tree. To me, a cotton boll looked like a little football, especially once it dried and turned brown and the cotton boll cracked open like a flower opening for the first time, the dried petals revealing the cotton inside. It was along the edges of these cotton boll petals where burrs and slivers nicked and poked your fingers.

Once a cotton boll cracked open and the moist cotton inside dried, it became white and fluffy and ready to be plucked like a guitar string, not picked. The tricky part was that cotton bolls didn't open at the same time. If more opened after the first picking and the farmer fig-ured it was worth the money, the field was picked a second time. Of course, this meant more money for the farmer, and for the workers!

Although I hadn't picked cotton for close to ten months, I knew exactly how to do it. I also knew how important it was to pick the cotton on both sides of my row, and to pick cotton that anyone who had come before me might have missed. Above all, I knew that no matter what, I had to be fast, and I had to stay fast. If I wasn't, the foreman would ride by on his horse and yell, "Go faster, damn it! Go faster!"

I wasn't the only one who knew the importance of moving quickly and staying fast. All of the workers nearby were moving fast, even Espy. She was plucking cotton balls right and left, and poor Mamá kept saying, "Slow down, Espy. Slow down."

The very first day I'd picked cotton, I was just like Espy. I was excited and Mamá kept calling for me to slow down, but as the cool of the morning was replaced by the heat of the day and my sack became heavier and heavier and harder and harder to drag down a row behind me, the more and more I felt like picking cotton was too hard for me to do. I kept nicking my fingers and getting poked under my fingernails, and when I took my first water break, I drank too much water. I didn't throw up, but I did get a stomachache. That's when I heard the foreman's horse coming and the foreman yelling to those around us, "What did you wetbacks think this was, a siesta!?" I couldn't take it anymore and started crying . . . after only working three or four hours.

With tears running down my face, while trying to catch my breath, I said, "I don't want to pick cotton. It's too hard."

"Junior," Papá said, "stop crying, *m'ijito,* you're doing good. *Mira*, your sack is getting full like mine."

"Stop," Mamá pleaded, "stop crying, Junior. You don't want the foreman to catch you crying, do you?"

God bless them. They even took some of my cotton and put it into their sacks to lighten my load.

When they saw that wasn't going to stop me from crying, Mamá said, "Pray, *m'ijo*, pray to the Virgin of Guadalupe for strength."

I prayed, and then Papá said, "Be strong, Junior, you can do this." Then he pointed to his heart.

It touched me. It made me feel strong. I understood what he was saying, but most of all, I knew at that moment, that when I grew up, I wanted to be a man and a hard worker just like him.

I always did as my parents taught me as I grew up. I never complained about being too hot, too thirsty or too hungry ever again. And as Espy went through her first day of working the cotton fields of West Texas, it seemed like she would never need anyone to talk to her the way my parents had talked to me.

During our first water break at nine that morning, Espy proudly proclaimed that she'd only nicked her fingers once and had been jabbed under her fingernails only twice. By the time our cotton was weighed for the first time, at noon, she was excited about the fact that she'd picked forty pounds. "Which at thirty cents a pound," she explained during lunch break, "means I've made twelve whole dollars!"

For sure, we were proud of her, but we knew that by the time we had our second water break at three in the afternoon, she'd be too tired to say a single word. We later found out we were wrong. By the time three o'clock rolled around, she wasn't tired at all! She went on and on about only having nicked her fingers two more times and not getting poked under her fingernails a single time.

"All you have to do is pluck the cotton like the string of a guitar, just like our grandparents taught us!" And about her sack of cotton, she said, "Look at it, it's big, and it already feels like it weighs a hundred pounds. And I still have another three hours before our final weigh-in of the day!"

Watching her walk away prouder than a rooster, my family had no doubt that she'd pick a hundred pounds, and probably more than that.

Inspired by Espy, by the time the final weigh-in arrived at six pm, I was sure I had at least a hundred and fifty pounds in my sack. I was close: it weighed in at a hundred and forty. Since lunch, Espy had managed to pick close to fifty-five pounds and drag them behind her.

When the crew chief called out her name and the weight of her sack and the foreman wrote it down in his red book, Espy turned to me and said, "It would've weighed more if Mamá hadn't made me put some of my cotton in her sack 'cause she was worried about my sack being too heavy for me to drag!"

Yes, my littlest sister was something else!

After the last picker's sack was weighed at about seven that evening, everyone climbed into El General and rode back to camp. Along the way, everyone talked about the weight of the cotton they'd picked and of how the fields would need a second pass for the cotton bolls that hadn't opened yet.

Although everyone was tired and ready for dinner and a shower, the more and more they talked about the extra money they were making thanks to the bumper crop, the less and less tired they became—and the more and more alive they seemed to be. Even Espy, who had seemed tired when we left the fields, began smiling more and more. She held up her nicked fingers—which were by now bandaged—so everyone could see them. It was a sign that she'd worked as hard as any of those around her. She kept announcing to everyone that she'd picked ninety-five pounds. Then she took out a burrito and bit into it.

"I saved it from my lunch," she proclaimed proudly.

* * *

After reaching the camp, we showered, had dinner and laid out our clothes for the next day. We gave thanks for our day, said "Amen," and then laid down. We wished each other goodnight, and as Papá wished Espy a good-night, he told her how proud he and Mamá were of her. Then we joined in on congratulating her.

In true Espy fashion, she thanked us, then exclaimed, "Today was nothing. Just wait until tomorrow!"

We moaned and said something to her about how we'd wait and see.

Then Papá thanked all of us for our hard work, too. "You each made me and your mother proud, very proud."

Our first workday had come to an end, the room grew quiet and by the time Mamá got down on her knees to pray her Rosary, Espy and the rest of us were already asleep.

CHAPTER SIX

The Snake

Three days of picking cotton had come and gone. Espy was still doing a good job, but I think everyone could tell that with each passing day she was starting to understand that we'd be working twelve hours a day under a hot sun and that we'd be doing that for the next four to five weeks without a day off.

Seeing Espy struggling, we'd encourage her by letting her know how great she was doing. She'd thank us and then act like nothing was bothering her. To be honest, we weren't even sure she needed any encouragement. She was still picking about eighty pounds a day, and she never complained. She was tough and strong, a lot tougher and stronger than I had been when I picked cotton for the first time.

It was our fourth day, a Thursday after we'd picked the first row and were more than halfway back in the other direction, when I suddenly heard Espy crying. I looked up and saw Mamá talking to her. I'd seen her

48

talking to her like this a few times the day before and during our first water break of the day, but I hadn't given it a second thought. As I looked around to see where the foreman was, I noticed that the rest of our family had stopped and was also trying to figure out what was going on with Espy. They shrugged their shoulders and lifted their hands in the air as if asking whether I knew anything. I made the same gesture and mouthed, "I don't know where the foreman is." But they couldn't understand what I meant.

I yelled out, "The foreman! Can you see him?!"

Pointing in El General's direction, Lala yelled, "He's over there talking to the crew chief!"

Papá quickly crossed over from the row he was working and into Mamá's row. Seeing that he was working as fast as he could back in my direction, I started working as fast as I could so we could meet somewhere in the middle.

It didn't take long before Papá was close enough for me to say, "It's Espy, she's crying."

Papá looked in their direction and said, "I want you to catch up to where I already picked the cotton in your mother's row, and then I want you to slow down and wait for us, ¿entiendes?"

I answered, yes, then Papá started working his way back to Mamá and Espy.

By the time I reached the spot where Papá had cut into Mamá's row, I heard him, Mamá and Espy walking up behind me. Espy was doing her best to stop crying, but she couldn't.

"I'm sorry, Papá. I'm sorry. I'm trying. I'm trying," was all she kept saying over and over.

"It's okay, Espy. It's okay. You're trying, *m'ijita*. You're trying. Stay strong, baby," Papá said to her.

"Pray to the Virgin of Guadalupe for strength, *m'ijita*," Mamá suggested and then she took the small amount of cotton in Espy's sack and put it into her own.

Espy tried to be brave, but the harder she tried, the harder it became for her to stop crying. Her tears turned into cries and her body began to shake.

Mamá cried, "The foreman. . . . He's coming! He's coming!"

We got back to work, even Espy, but as the sound of the foreman's horse drew closer and closer and louder and louder, Espy dropped her hands and started crying again.

The foreman rode up on us and shouted angrily, "What the hell's she doin'?! Cryin'?!"

"No," Papá said as he raised his hands and stood between Espy and the foreman. "She's okay. She's okay."

"Well, if she's okay," the foreman yelled, "you better get her back to work, and now! You understand me, boy?"

"*Sí, señor*," my father said and quickly turned around. In a voice I'd never heard coming out of his mouth, he yelled, "Esmeralda get to work and stop crying. Stop crying, now!"

My little sister had never heard Papá talk that way either. It scared her so much that, even though she was still crying, she started working right away.

"What'd I tell you, Paco?" the foreman yelled at Papá. "Your kids keep you from working and you'll find yourselves out of a job faster than you can say Speedy Gonzales!"

"*Sí, señor*," Papá exclaimed. "I understand! I understand!"

Thinking Papá needed help, I cried out in a voice just loud enough so the foreman wouldn't think I was being disrespectful, "I'll help her!"

"Junior!" Papá yelled.

The foreman rode his horse up to me, looked down and asked, "What did you say?"

"I said, I can help her."

"Help her?" the foreman asked. "Help her what?"

"Work," I said as Papá called to me again.

"You think," the foreman yelled, as he got off his horse and walked up to me, "that we're paying you thirty cents a pound, a damn thirty cents a pound, for you to help someone else do their stinkin' job?!"

I didn't know what to say.

The foreman leaned his face into mine and yelled, "I asked you a question, boy!"

I looked at Papá, but there seemed to be a distance between us: a distance where a boy suddenly finds himself becoming a man, a man who can no longer turn to his father to help him correct a mistake he's made. There was also a sad look in my father's eyes, a look that said, "No, no, my son, my little boy, I am not yet ready to let you carry the weight of this world on your shoulders."

Papá pulled the straps of his satchel and sack over his head and ran as fast as he could to me and the foreman. In the same voice he had used with Espy, he yelled, "Get to work, Junior. Now!"

I did as he ordered, and then Papá started talking to the foreman in a voice that was quiet so only the foreman heard.

"Get to work, Junior," Mamá whispered to me. "Right now," she added in a shaky voice.

The sound of her voice scared me. I looked at Espy and could tell it scared her, too. The three of us started working as fast as we could. When I peeked at Papá, I saw the foreman staring at him with a look in his eyes that I understood to mean that we belonged to him and that he could treat us however he wanted.

I wanted to cry out that it wasn't fair, that we were doing the best we could, that my little sister was tired, that *we* were all tired, that we needed our Sundays off so we could rest. . . . Just as I was making up my mind to turn around and tell the foreman how I felt, my hands were still picking unthinkingly, I reached down to pluck a cotton boll as white and as fluffy as I'd ever seen. Something moved as my hand drew closer: a set of small black dotted eyes, a dark forked tongue, long and thin, fangs dripping with poison. The snake's eyes grew mean and it lashed up at me. Suddenly, I felt the sting of its bite on my hand.

Mamá saw me jerk my hand away from the plant. She knew right away that something bad had happened. She pointed and cried out, "Snake!"

Before she could cry out again, the foreman ran past her with his pistol drawn. There was a loud bang, and the body of the snake went flying through the air—one part this way, the other that way.

"A diamondback!" the foreman announced.

My hand felt funny, like it was burning and falling asleep. It was bleeding out of the two spots where the snake's fangs had sunk in. As Papá ran up to me yelling and untying his handkerchief from his neck, I sat down on the ground.

"Do you have your pocketknife?!" he asked frantically as he tied his handkerchief above the elbow of the hand that was bit. The foreman quickly put a stick into the knot and turned the stick so the handkerchief got tighter and tighter.

"Yes," I said, "it's in my pocket."

Papá reached into my pants pocket and took out my knife. He opened it up, took off my glove and cut a small cross in the middle of where the snake had bit me. Then he put his mouth over the cross and started sucking the venom from my wound. He sucked and spit, sucked and spit, over and over again.

When he had sucked and spit for what had to be the tenth time, my brothers and sisters and Sammy were all standing over us.

"We gotta get him to a hospital," the foreman said. "Now!"

Papá threw me over his shoulder and started running toward El General. Behind him, I could hear Sammy yelling, "In the back! Put him in the back of the truck!"

I started to feel like I was in a dream, a dream I didn't know if I'd wake up from. I could hear Papá saying, "Here. Here, take it! Take it!"

Mamá was yelling, "But it's all the money we have!"

Insisting, Papá said, "I don't care! Take it!"

"But what about the Border Patrol?" Mamá said.

Papá yelled, "Take my letter. Tell the doctor Junior is me!"

Then Lala demanded to know, "But what about Mamá? If she goes to the hospital, the Border Patrol will take her!"

Papá screamed, "Go! Go! Please go!"

Suddenly, I found myself lying in the back of El General. Mamá was crying. She was trying to keep the handkerchief tied around my arm from coming loose. All the while, I could hear my brothers and sisters crying and crying.

Above it all, I heard Sammy say, "Don't worry, I know where to take him."

El General came to life and started moving down the road. The last thing I heard was the foreman yelling, "The show's over! Everybody back to work, now!"

CHAPTER SEVEN

Healer

I felt the warm air of the afternoon whipping through El General's sideboards. Mamá held my head in her lap while she prayed. I kept telling her I was all right. She kept saying, "I know. I know." The road was bumpy. Every once in a while El General hit a pothole that sent me and my mother jerking and shifting this way and that.

The road stayed bumpy until El General slowed and turned. After that, the road felt like the highway on the way home, smooth. Above me, there was nothing but blue sky framed by El General's sideboards. It stayed like this for only a short time, and then I saw branches full of leaves reaching over the sideboards. The branches came one after the other until El General slowed and I heard the squeal of its brakes.

When the tailgate opened, I thought I heard Sammy say, "We're here."

Mamá was crying, "Hurry! Hurry!"

I was carried through what seemed like a tunnel of purple, pink and white morning glories, the same kind of flowers Abuelita grew in her garden. I'd watered them from the time I was old enough to carry a pail of water.

There was the sound of a woman's voice saying, "Through here . . . "

I was carried through a house I didn't recognize and into a room where I could smell incense burning. I noticed shelves full of different colored bottles of various sizes and shapes. Hanging on the walls were crucifixes, here, there and everywhere.

"Lay him here," I heard the woman say.

Sammy explained, "A diamondback bit him!"

"Did you kill it?" the woman asked.

"The foreman," Mamá said, "he shot it."

"Did you bring it with you?"

"No," Sammy said, "but I can go back and get it if you need me to."

"We'll see," the woman said calmly. "We'll see."

The woman took a jar from the shelf and poured what looked like dirt into her hand.

"What's that?" Mamá asked.

"*Guaco*. Dried *guaco*," the woman said as she rubbed it over the spot where the snake had bit me and whispered what could only be a prayer, a prayer that lasted for only a few seconds.

"The bottle, there, next to the others," the woman said, pointing.

"This one?" Sammy asked.

"Yes, yes."

I heard something being poured, something being stirred.

Then the woman said to me, "I need you to drink what is in this glass. It will taste bad, but you must drink it. Drink all of it."

I tried to do as the woman said, but it tasted like the cough medicine my grandmother gave me whenever I caught a cold. And it also smelled like the whiskey Tío José called "the Devil's drink." I spit some of it out. When I finally did swallow some of it, I threw up.

"He has to drink it," the woman calmly told Mamá.

"Drink it, Junior," Mamá pleaded. "Please, Junior, drink it."

It was then that I felt my stomach hurting. I realized that I couldn't feel my arm, my hand or the rest of my body. I couldn't see very well, and my clothes were soaked with sweat. I don't know, not really, if I swallowed the drink or how many times I heard the woman say, "He has to drink, drink another glass."

I do know that I threw up . . . once, twice, three times, so many times. It scared me so much that I began to cry. I kept saying, over and over, just like Espy, "I'm sorry, Mamá. I'm sorry. I'm trying. I'm trying."

The last thing I remember was hearing Mamá crying. Between her sobs she was asking over and over again, "Is it working? Is it working?"

Suddenly, I found myself alone in the room. It was dark, and I was standing up. My clothes weren't wet anymore; they were clean and dry. There was the slight sound of the wind blowing, and then I heard someone behind me. I turned around and noticed a window in the room I hadn't seen before. The curtains were parted just enough so that a sliver of bright yellow light fell across the floor.

It was then that I felt something in my hand. I looked down and saw my pocketknife. It was opened, the longest blade showing. I walked to the window. Under its frame I carved out a cross. I pulled open the curtains. Outside, I saw clotheslines standing in front of a field full of ripe cotton. Hanging from the clotheslines were white sheets and pants, and shirts of all the colors of a rainbow. At first, the wind made the sheets and the clothes sway like kites dancing in a West Texas sky. But the wind grew stronger and stronger, and the sheets and clothes tried to hang on, but they couldn't. They were ripped away.

Like magic carpets they raced toward the horizon. Sheets, shirts and pants were carried over the cotton field and, as the last towel disappeared from sight, the clotheslines, the window and the room disappeared, too.

I found myself outside facing the field of cotton. It was quiet, but then I heard the faint sound of a man and woman talking. Their voices were coming from somewhere far off in the cotton field, but I couldn't see them. I only saw them after the man and then the woman stood up. The man wiped his brow, and the woman took a drink from a jug of water.

I suddenly realized they were my grandparents, Abuelito Faustino and Abuelita Corina. Seeing them, I asked myself how this was possible. They had passed away when I was six. So how could it be that they were standing in front of me alive . . . alive and working?

Then, just as suddenly, I saw my great-grandfather and great-grandmother Emilio and Luciana; my great-great-grandfather and great-great-grandmother Agustín and Yolanda. They too were working the fields, working side by side with those I recognized from long ago photographs. My whole family was there: great-aunts, great-uncles, some of my cousins . . . the whole family . . . or at least, all those who had passed from this world to the next.

Wondering if they could see me, I called to them and waved my arms back and forth above my head. Every once in a while, thinking they'd heard a familiar voice calling to them, they stopped working and looked in my direction. They tried to make sense of what they were hearing and who it was standing in the distance.

"It's me! It's me!" I cried and cried. "I'm Junior! Junior! Emilio and Victoria's boy!"

Trying as hard as I could, I couldn't get them to hear or see me, but then, it didn't matter because a flash of light blinded me for a few seconds. When I could see again, my family was no longer working in the cotton fields. They were playing in Campesino Park. Some were playing chase, others tag and some—some were playing on playground equipment that I recognized to be a mix of old and new, the old made of wood and the new covered in chrome.

I tried with all my might to get them to hear and see me. When I knew there was nothing more I could do to get them to notice me, I ran past El Conejo and St. Joseph's and across the park's green grass. I ran until my side hurt, but though I was running toward them as fast as I could, they stayed the same distance away, like the puddle on the highway that La Blanca never seemed to reach.

Stopping to catch my breath and to think of what I could do next, I bent over and put my hands on my knees. When I looked up, my family was gone, and I found myself standing in a sea of popcorn. It was popping, the kernels flying up here and there and everywhere. With each pop of corn, the kernels rose higher and higher, past my knees, waist, chest, neck. I knew I was drowning. Just as the popcorn rose above my chin, lips, eyes, forehead and the top of my head, I felt something move under me. I feared it was the diamondback here to finish me off. I stomped and stomped my feet. I was stomping on something as soft and fluffy as cotton. This cotton stuff was lifting me higher and higher like an escalator. When I was finally high above the sea of popcorn, that by now had stopped popping, I discovered that it was a pillow that had saved me, a pillow of cotton so big that it could only belong to a giant.

I sat there on my giant's pillow that was as big as an island and floated above a rising and falling sea of popcorn. The sun was shining and the sky was blue, the richest, most beautiful blue I'd ever seen. I spread my arms above my head and as my hands touched the sky, the two holes where the snake had bitten me disappeared. I lowered my arms like I was doing jumping jacks and then I did it again and again. Suddenly, I was swimming

in the space between the blue sky and the sea of popcorn below. It was peaceful and the currents of the wind
carried me this way and that. I was flying free from the
world.

That was when I remembered: every time I was
hungry when I was a younger working in the fields I
would imagine the cotton was popcorn so I could feel
full. When I was tired, I imagined my sack of cotton
was a pillow so big it belonged to a giant. The giant was
a friend who gladly lent me his pillow so I could have a
soft place to lay my head. When I was hot, I imagined
the blue sky above me was the sea and that I was working underneath it, and if I wanted, I could swim in the cool
air between the earth and sky with the birds, the owls,
the fish and the whales.

Gliding through the air, there was nothing but the soft
sound of the wind whispering and whistling by.

Then I saw a soft, glowing light surrounding a woman
I thought was the Virgin of Guadalupe. But I soon realized the woman standing over me was Mamá. Leaning
over, she covered her eyes with her hands and then
quickly pulled them away, saying, "Peek-a-boo! Peek-
a-boo!"

Was I asleep? Awake? Dreaming? Alive? Dead?

I heard Mamá's voice again. She called to me softly,
"Junior. Junior."

I felt my eyelids flutter like the wings of a butterfly. I opened my eyes and saw my parents. They were standing on each side of my bed. They gave me a warm hug and kisses.

Then Mamá said, "Junior, Papá and me are here, *m'ijo*. We're here."

Not sure if they'd hear me, I said, "I know, Mamá. I know."

"We love you."

"The snake, it bit me."

"Yes," Papá said, "it did. It did."

I raised my hand and saw that it was bandaged.

"When your workday is over tomorrow," the woman said to them, "he will be ready to go home. It will be a few days before he can work."

Mamá thanked the woman, and I heard her say the woman's name for the first time: "*Gracias*, Esperanza. I don't know what I would've done if my baby had died."

Seeing that Mamá had started to cry, Papá moved around the bed and took her in his arms. He said, "Well, we better get to the camp. Junior needs to rest and the children need to shower and eat."

They gave me a final kiss and wished me a good night.

As they walked away, I asked, "How are the others doing?"

"They're okay," Mamá said.

"And Espy?" I asked.

"She misses you," Papá said.

Mamá echoed, "Misses you."

"Tell them I love them."

"We will," they said. "We will."

Esperanza wished them a blessed evening and then I heard the screen door open and close. When she came back into the room, she lit a candle with a picture of the Virgin of Guadalupe on the front and placed it high on a shelf in front of me.

"Your mother brought this for you," she explained. With the Virgin glowing above me, I asked Esperanza how long I'd been asleep. "Since they brought you to me yesterday."

"So, for about a day and a half?"

"Yes," she said, "that's about right."

A day and a half? It hadn't felt that long. "When will I be able to work? To be with my family?"

"Your family will be here tomorrow night to pick you up, but you will not be able to work for at least two more days, maybe more."

Two more days? Maybe longer? How? I asked myself. How can I stay away from working for two or more days, even longer, when I've already cost my family so much money by missing a day and a half?

"Dinner," Esperanza said, quietly, "it's almost ready."

"*Gracias*," I said, "but, I'm not hungry."

"It's your mother's tomato broth. She brought it for you. It was supposed to be a surprise."

"I'm okay, really."

"Look, if you want to work, you need your strength, and to get your strength, you need to eat."

I wanted to tell her that what she was saying was the truth. My mother's tomato broth was my favorite, but more than anything else I wanted to tell her about me. About my life and my hopes and dreams. I felt like I needed to ask her if my hopes and dreams would come true—if I'd become a man and farmworker like Papá. But I didn't because I knew that those questions were something that a man would never ask.

Instead, I whispered, "A bowl of Mamá's broth sounds good."

"It does?" she said. "It sounds real good. Can you smell it?"

"Yes," I answered, "I can." Then I said what a man would say, "*Gracias*, Esperanza. Thank you, thank you for saving me."

She closed the door and said, "*De nada*. It's nothing. You're welcome."

I knew Esperanza meant every word of what she'd said. To her, saving me was nothing. She was only doing what she'd been called to do, to be a *curandera*, a healer.

The only light in the room came from my mother's candle. I looked up to the Virgin of Guadalupe and prayed like I did when I was an eight-year-old working the cotton fields of West Texas for the first time: "Give me strength," I asked Her. "Give me strength, *por favor*, please."

I closed my eyes and tried my best not to cry. I thought about the money I was costing my family and about my brothers and sisters working under the hot West Texas sun, while I was here, resting in a soft, warm bed. Yet through all of my worries, I found peace and comfort in the aroma of Mamá's tomato broth and in the Virgin's warm glow. I hoped that all I'd gone through had saved my family from losing the job that would see us through the rest of year. If it had, all I had been through would be worth it.

CHAPTER EIGHT

Waiting

The next evening, I waited for my parents in the living room of Esperanza's house. It was getting dark outside, dark enough for Esperanza to turn on the porch light. The front door was open, and the scent of the morning glories poured in through the screen door. I was sitting perfectly still, when I saw Papá and Mamá.

"They're here," I called to Esperanza.

She came in from the kitchen, drying her hands on her apron. She opened the screen door and welcomed my parents. Papá and Mamá apologized for not having cleaned up before coming to get me. Esperanza told them not to give it a second thought, that it was good to see them.

As soon as Mamá walked into the room, she gave me a big hug and started crying.

Returning her warm embrace, I said, "It's okay, Mamá. I'm okay."

We held each other for the longest time. Her body felt so small and hot, and the smell of her reminded me of when I was little, of how she'd hold me when I woke up in the middle of the night as she sang me to sleep.

"I love you, *m'ijo*," she said, "with all my heart."

"I love you, too," I echoed, "with all of my heart."

We kissed each other on the cheek, took a deep breath at the same time and then let each other go.

"Junior," Papá said as he leaned forward, and we gave each other a hug and a handshake. "How are you, *m'ijo*?"

"I'm good, Papá."

"Are you ready?"

"I am," I said. "I'm ready."

"That's good, good to hear."

"Where is everybody?"

"In La Blanca," Mamá said.

"Is it okay if I go and say hi?"

"Yes, of course," Mamá said.

I turned to Esperanza and thanked her again for saving my life.

"It wasn't me," she said, pointing up to the ceiling. "It was Him. He was the one who wanted you to live."

"Esperanza," I asked, "will you do me a favor?"

"Yes, of course. Anything."

"Will you keep my little sister, Espy, in your prayers?"

"Yes," she said, "always."

"And you," Esperanza added, "I will also keep you and your family in my prayers."

"*Gracias*," I said. "Thank you for everything."

She leaned forward, and we gave each other a hug, and then she kissed me on the cheek. "*Adiós*, Emilio," she said.

I opened the screen door and walked out. Walking through the tunnel of morning glories, I could feel and smell the world around me. It was at peace.

When I reached the end of the tunnel, I saw La Blanca. She was shining under the light of the half moon. Inside her, my brothers and sisters sat keeping an eye out for me. When they saw me walking toward them, they poured out of La Blanca and ran toward me. They embraced me, yelling, "Junior! Junior! We missed you! We missed you!"

"I missed you, too," I said.

"You should've seen that diamondback," Oscar exclaimed, "it was almost as long as La Blanca."

"Don't believe him," Lala said. "It was about as long as a baby jump rope."

"It was longer than that!" Oscar cried, and then added in his defense, "It only looked shorter 'cause the foreman shot half of it away."

"Can we see your hand?" Juan Daniel asked.

Raising my hand up so they could see it, I said, "There's a wrap on it."

"What's it look like?" Oscar wanted to know.

"It has a big bruise," I said.

Oscar added, "I bet it's purple and red and yellow and . . . "

"Does it hurt?" Espy asked.

I said it did, a little, and then tried to make a fist, saying, "I can't close it, not all the way."

"So how can you work?" Oscar wanted to know. "If you can't even close your hand?"

"I can't, not for two days."

"Who says?" he demanded to know.

"Esperanza."

"The *curandera*?" Oscar asked. "What does she know?"

I knew right then that I had to be the big brother. "She saved me," I said, "and for that, we should always be grateful. What if it was you, Oscar, that got bit by a diamondback? What if it is was Papá or Mamá or one of our brothers or sisters? What would we do? Where would we go? We would have no one, no one. We would be at the mercy of those who can do with us what they will . . . like the foreman or the Border Patrol. What then, huh? What would happen? Do you want to find out? Do you? Do you?"

Realizing how mean I sounded and how Oscar probably now felt the way I had felt when the foreman was yelling at me, I stopped talking.

I was glad, glad to hear Mamá behind me yelling, "¡*Vámonos!* Everyone in La Blanca."

Before we jumped into the station wagon, Oscar said he was sorry for what he'd said about Esperanza.

We climbed into La Blanca, me in front with Mamá and Papá and the kids in the back. Her headlights came on. We drove down the tree-lined road, leaving Esperanza's home behind. As we drove on, the trees grew shorter and shorter until they and the smooth road leading away from Esperanza's home disappeared.

Ahead of us, glimmering in the light of the half moon, stretched a sea of cotton. There was silence. Mamá reached down and turned on the radio. A *corrido* played, and the sound of La Blanca's motor kept perfect rhythm with the song. We drove without speaking for a long time. I looked out at the cotton, the stars, the moon and the road ahead. I closed my eyes and felt myself drifting off to sleep.

I turned my head and saw Lala holding Espy in her arms. My brothers slept with their heads between their raised knees.

I lowered my head and thanked God for my family and for saving me. As I said, "Amen," I remembered tomorrow was Sunday and that there'd be no going to church until we got back home.

CHAPTER NINE

Our Sundays

By the time I woke up the next morning, everyone except Espy had already gone to work. She was at the dinner table coloring.

"Espy?"

"Junior," she said, "good morning. Are you hungry? Do you want a burrito? Some water? I'm supposed to take care of you. So whatever you want, you tell me."

"What time is it? Do you know?"

"About eight. Are you hot? I can get you a wet towel."

I wasn't really hot but Espy wanted to take care of me so much that I said, yes. She wet a towel down and ran it over to me.

"Do you want a burrito? Mamá said I could make us as many as we want."

"Two," I said, "two burritos sounds perfect."

"Perfect!" she cried.

As she heated up the tortillas and *frijoles,* I told her I was getting dressed. I grabbed a pair of my work pants and a T-shirt and went into the restroom. Changing clothes, I realized that my father still had my pocketknife.

I was about to open the restroom door, when I decided to pull back the curtain and look outside. The fields were bare. They'd been picked clean. I dropped the curtain and then checked to see how the cross I'd carved under the window on our first day was doing. It was fine, but there beside it I saw a second cross scratched into the wall. For a split-second I thought about asking Papá if he had scratched it there, but I decided I wouldn't, because asking about it wasn't something a man would do.

By the time I got out of the restroom, Espy had our food on the table, complete with glasses of iced water.

"I set out the green chili," she said. "I know how much you like it."

"Thank you, Espy. It looks good."

"You're welcome."

"And thank you for staying here to take care of me."

"You're welcome again."

I opened my burritos and spread a spoonful of green chili down the center of each one and then rolled them back up. Before I took a bite, I reached out for Espy's hands. Careful not to squeeze my hurt hand too hard, she took my hands in hers and we bowed our heads. Together we prayed the prayer Mamá had taught us: "Bless us, Oh Lord, and these thy gifts, which we are about to receive, from thy bounty, through Christ, Our Lord. Amen."

We each took a bite and Espy said, "Mamá's food is the best."

"It is," I said. "The best."

"Today's Sunday, you know?"

Trying not to sound sad, I said, "Yes, I know."

"I wish we could go to church."

"Yeah, me too."

"Is St. Joseph's as beautiful on the inside as Lala said it was?"

"Yes, it's beautiful. It's like the cathedral in Mexico City."

"The Metropolitan?"

"Do you remember it, Espy? The Metropolitan Cathedral?"

"I was four," she said, "but I remember Papá and Mamá taking us there. I never forget anything, ever."

Smiling, I said, "Yes, I know."

"Does St. Joseph's have a golden altar like the Metropolitan?"

"It does, from the floor to the ceiling, and on each side there are tall statues of St. Joseph and the Virgin of Guadalupe."

"I hope we get to see it before we leave."

I wanted to tell her that I was sure we would, but I didn't . . . "But if we don't see it this year, there's always next year."

Espy got quiet for a few seconds and then asked, "Do you think we'll stop anywhere when we leave the camp?"

"I don't know."

"Oscar said we might."

"Well, don't believe everything Oscar tells you. I don't."

"I don't either," she said. "I was just asking."

She got quiet until at last she asked, "If the family was off from work today, what would we be doing?"

"We'd be eating breakfast."

"Chorizo burritos, right? With fresh tortillas?"

"That's right, fresh tortillas Mamá would've made early this morning—the smell of them waking you up—making you smile even before you woke up. And Papá would be outside talking to the other workers next to the firepit."

"And then we'd get dressed in our Sunday best, right?"

"That's right," I said, "and then we'd load into La Blanca and head off to church."

"And the priest would be there like always, waiting to say, '*Buenos días*, Hernández family. How are you?'"

"That's right," I said, "and when Mass was over, the men would gather and talk in their group and the women in theirs."

"I wonder," Espy said, "what the women talk about."

I didn't say anything, but I too had always wondered what the women and men talked about when there were no children around.

"Someday you'll be standing there with them, and you can find out."

"Maybe," she said, sighing, "maybe."

"What's the matter, Espy?"

"The foreman."

"What about the foreman?" I asked.

"He's paying me by the hour."

"By the hour, that's not bad."

"He's only paying me a dime an hour."

"A dime's a lot of money."

"No, it's not, Junior. You know it's not. I'm not a baby anymore. I know it's not a lot of money."

Espy got quiet and looked like she was about to cry.

"I'm sorry. I know you're not a baby. You're like me when I was eight."

"No," she said, "I'm not. You never cried and got in trouble with the foreman when you were eight."

"Espy," I said, "I cried on my first day."

Wide-eyed, Espy asked, "On your first day?"

"Yes, my first day, and only a few hours after we'd started working. The only difference is that I stopped crying before the foreman rode by on his horse."

"I didn't cry until the fourth day!" she exclaimed.

"The fourth day," I echoed. "I wish I could've made it through four days without crying."

"Does Oscar know?"

"Nobody knows," I said, "only Papá and Mamá."

"Don't worry," she said. "I'll never tell anyone. It's our secret."

"You keep my secret and I'll keep yours."

Confused, she asked, "What's that?"

"That you let me go outside for a walk!" I said, giggling. "What do you say?"

"You won't tell?"

"I promise!"

We cleaned the dishes and then closed the door and locked it with the key my parents had entrusted to Espy. Outside it was quiet. There was no one around.

"Sundays," I said, "are nothing like this when everyone gets back from church. There's people everywhere . . . doing whatever they want. The youngest run through sheets and clothes hanging on the clotheslines and play chase or freeze tag."

"Like we did at Campesino Park."

"Just like that," I said, "and the older boys and girls fly so many kites that the whole sky is full of them. Afterwards, they play marbles, or pitch pennies, and the oldest, we play baseball or kickball, right over there."

"That's your field?" Espy asked.

"It is," I said.

"But it's nothing but a patch of dirt," she said.

"It is, isn't it? But when you're into a game and the sun's setting and you have to hit a home run for your team to win before it gets completely dark, and the men are talking around their campfire and women around theirs, and someone plays a guitar and someone else a harmonica and someone sings a song and everybody's speaking Spanish, and the smell of tortillas and coffee is everywhere and there's food, all kinds of food cooking, and their smells are everywhere. . . . Well then, Espy, it's not just a patch of dirt, it's what I call our patch of Heaven, right here on Earth.

"And when it gets too dark, families say their goodnights and go their separate ways. Mamá cooks us a special dinner . . . some Sundays it's enchiladas, others it's burritos and tacos . . . and still others it's *carne asada*, and always with a side of rice, *frijoles,* green chili, and to drink a glass full of ice and orange Hi-C.

"We eat as much as we want. Then we listen to Spanish music on the radio. Papá and Mamá play cards and dominoes, while the rest of us get to do whatever we want. The only rule is that whatever we do, we have to do it quietly . . . to give our parents a break from the noise."

We walked on for a few minutes and then Espy asked, "Do you think we'll only work six days a week next year?"

Like her question about church, I wanted to tell her that chances were good we'd only work six days a week next year, but I didn't. Instead, I said, as Papá always said, "We'll see. We'll see." Then I said, "You know, Espy, it is Sunday, and we're here, right? So, you know what?"

"What?" she asked.

"I think we should do those things we get to do on Sundays. What do you think?"

"I think you're right!" she exclaimed.

"Me too!"

So, for the rest of the day, we ran through the clotheslines playing chase and tag. We got two of our kites up in the air and tied them to a stick so they wouldn't fly away. Then we got our other two kites up in the air and did nothing else but watch them soaring back and forth in the blue West Texas sky. They were beautiful, but not as beautiful as my little sister and the look of wonder in her eyes.

We flew kites and pitched pennies. Then we drew a giant circle on our patch of earth using the longest stick we could find. We played marbles and Espy won the pennies and the marbles. Then we played baseball and kickball. We ran the bases and had races to see who could get to a baseball or kickball first. As the sun started to set, Espy made us some burritos and a glass of iced down Hi-C. Then we sat and played cards and dominoes until at last we heard El General driving up outside.

They were home! Our family was home!

Espy and I walked out to greet everyone.

When Mamá asked us how our day had gone, Espy handed Mamá the key and said, "Fine, Mamá, just fine."

Mamá knew something besides "just fine" had happened, but she also knew that whatever had happened should remain between a brother and sister.

After everyone had showered, Mamá made us a special dinner of chorizo burritos with rice and *frijoles* with green chili on the side. We bowed our heads and prayed and then ate in silence. I could tell that they were tired. I wanted to thank them for their hard work and tell them how I wished I felt as tired as they did,

but I didn't. I knew that Sundays were not meant for feeling sorry for ourselves. Still, I wanted to cry, but like a man, I didn't. Instead, I told myself, "Be strong, Junior, be strong."

CHAPTER TEN

The Last Day

For the rest of the time that I worked the cotton fields of West Texas, I tried to work harder than anyone else in my family. When my sack of cotton was weighed at noon and at the end of the day, it always weighed close to one hundred and fifty pounds. While working, I never said a word to Papá or Mamá unless they spoke to me first. I said a prayer asking for strength to the Virgin of Guadalupe every night as we drove back to camp. But no matter how hard I tried, Espy worked harder than me. Her pay went from ten cents an hour back to thirty cents for every pound of cotton she picked. She never complained about anything and, when lunch time rolled around, she never opened her sack before our parents.

However, as the workers waited for the foreman to pay them on the last day, I was reminded that she was a little girl. She cried when she had to say goodbye to her new best friend, Manuelita.

Espy wasn't the only one saddened by goodbyes. All around the camp, the workers shook hands, women gave each other a final hug and young men sadly released the hands of the young ladies they'd fallen in love with over the last few weeks. By the time the foreman arrived, the men, and only the men, were already standing in line in front of Sammy's *casita*. It was there, right outside of the front door, where the foreman always set up his table to get everyone paid. The foreman parked his shiny Ford pickup next to El General. The first two men in line helped Sammy set up the foreman's table and chair, while the foreman took the metal box with the money and sat down at the table.

Waiting in La Blanca, I watched as the foreman handed the men an envelope with the money they were owed. If they had a family, he gave the men the money owed to the entire family, too. No one counted their money. You were paid what you were paid. If you didn't like it, "Don't come back."

As men took their pay and turned away from the foreman, their walk was tall and proud, and their smiles grew bigger and bigger until they gave their wives a warm hug and handed them the envelopes with enough money inside to see them through the rest of the year.

I watched Papá move up in the line and wondered what he was thinking, and when I'd be old enough to stand in line with him.

When his turn came, Papá stepped up to the table and shook hands with Sammy and the foreman, and then, with his pay in hand, Papá turned away from them. His walk was also tall and proud, and his smile grew bigger and bigger until he sat in La Blanca and handed Mamá the envelope.

Mamá gave him a quick kiss and a hug and then led us in a prayer of thanks. Then they thanked me and my siblings for our hard work. Come the start of the school year, they'd give each of us our own envelope with enough money inside to buy clothes and supplies for school.

"All set," Papá announced, "Let's go home! *¡Vámonos!*"

La Blanca roared to life. I think she was just as happy as everyone else to be headed home. We waved to those around us as we drove down the dirt road. Mamá turned on the radio and turned it up loud, but not too loud.

"Next stop?" Papá asked.

There was a split second of silence and then everyone, but Espy, started chanting, "Pete's! Pete's! Pete's! Pete's!"

"I knew it!" Espy exclaimed above our voices. "I knew the stories about Pete's were true!"

The stories about Pete's *were* true. It was a tradition, a Hernández family tradition, to stop at Pete's Drive-In every year before hitting the highway. Each of us always got our own cheeseburger and Coke. But all of us, even Papá and Mamá, shared the french fries. This time, we listened as Papá ordered cheeseburgers, Cokes and an order of french fries for each of us! Hearing this, we all went crazy. And Mamá didn't even tell us to settle down.

As always, I fell asleep on the way home. As always, I did nothing but dream of picking cotton. Sometimes, I dreamed about a row of cotton that never ended or about a bag of cotton so full I couldn't move it, no matter how hard I tried. But this time I dreamed that the foreman was seated on top of his horse yelling at me, while Espy cried behind me. His eyes glowed brighter and brighter and, just when they were as bright as the sun, he opened his mouth and turned into a snake with long sharp fangs. But when he was about to strike, my family—past and present—and even Espy, ran and stood in front of me. The foreman, seeing that he had no power to hurt us all, disappeared with his horse in a cloud of black smoke.

CHAPTER ELEVEN

Just Two

The dreams about the foreman and picking cotton in West Texas stayed with me for the longest time. It always seemed like, just when they were coming to an end, it was time to go back. A year had passed. I was fourteen now, about to be fifteen. I was eager to go and work, but this time something happened that I had not expected.

One Sunday, when we got home from church, my parents called us all into the living room. I didn't know what they wanted, but I knew the only time they talked to all of us together was when they had something important to say.

My brothers, sisters and I stood quietly until Papá finally said, "When we were little, your mother and I had to work the cotton fields with our families every year. Not one time did we ever get to stay home. It has always been our dream for our children to stay in school, and when school was out, for them to have nothing to do all summer but run and play until school started again.

"Our mothers and fathers shared the same dream, but for them the dream never came true. Now, thanks to the money we earned as a family last year, it is a dream that has come true for me and your mother.

"This year, I will be the only one driving to El Norte. The rest of you will have nothing to do but run and play until school starts."

Hearing this, my brothers and sisters went crazy. Espy kissed Papá and Mamá, saying, "¡*Gracias*, Papá! ¡*Gracias*, Mamá!" Then she said, quietly, "But I wanted to see the inside of St. Joseph's." She paused just long enough to wink at me and exclaimed, "But that's okay, there's always next year!"

Espy and the others ran outside to play. But me? I stayed inside. I didn't move or say anything.

Mamá asked if I was okay.

When I didn't answer, Papá said that if I had something to say, to say it.

I didn't say anything right away, but finally I blurted out that I wanted to go and work, that I needed to work for our family. "I want to be a man, Papá, a man and a farmworker, just like you."

Saying what I had to say, I didn't cry, feel sad or act silly, because I knew a man wouldn't act that way.

My parents sat quietly, and then Papá handed me my pocketknife.

He said, "If that is what you want, Junior, then you can come."

"You can," Mamá whispered. "You can go. It's okay, but I want you to be careful, and I want you to help your Papá clean and cook.

"I want the two of you to call me every Sunday, no matter what. Understand?"

Papá promised we'd call, and I promised I'd be careful and that I'd help my father any way I could. I put my knife in my pocket and stood up. I shook hands with Papá and gave Mamá a hug and a kiss on the cheek.

"I'm proud of you, Junior," she said, "so very proud."

On the evening before our trip, I washed La Blanca. The next morning, Papá and I loaded everything we needed for the trip before the sun came up. We gave Mamá a kiss goodbye and then got into that station wagon. A sack full of burritos sat between us, and at my feet were two gallons of water with pieces of ice floating inside. Papá said a prayer for our safe travels. As we drove away, he slowed down and looked in the rearview mirror and said, "*Mira,* Look."

I turned and looked. Mamá stood at the screen door and my brothers and sisters were outside waving good-bye. They had grown a year older, but as I turned and

faced the road ahead, I prayed that they'd remain children for as long as they could.

It took us less than six hours to drive to the office where the workers were hired. The line was short, as short as I'd ever seen it. Standing behind Papá, I pretended Mamá was watching me from La Blanca and that we were playing peek-a-boo. I took a few turns, and she took a few turns, and then I stared straight ahead, like Papá.

When our turn came, Papá handed the foreman the letter showing he had permission to work in El Norte. After looking it over and writing down Papá's name, the foreman asked, "Speak-ah la English?"

Papá said, "Yes, I speak English."

I wondered if the foreman ever remembered any of the workers he saw from one year to the next, or even those who'd been bitten by a snake or grown from boys to men right in front of his eyes.

The foreman asked, "How many to work?"

I smiled as Papá said, "Two, only two."

The foreman looked at me, not at Papá, and asked, "Did he say two?"

"Yes," I said. "Yes, sir, just two."

Looking like he'd just woke up from a dream, a bad dream about cotton and snakes, the foreman stood up and looked down the line. He leaned to one side and then the other, and then he looked out the window to where the cars and trucks were parked. There were no wives or children to be seen. He lifted his cowboy hat, scratched his head, put his hat back on and sat back down.

"What is it with you lazy Mescans," he said, "you make some good money one year and the next don't one of you show up to work."

Papá and I listened, but we didn't say a thing.

"Seventeen cents a pound," the foreman said as he wrote Papá's name in the red book with the blue lines. Under the column for men, he wrote the number two.

"A camp house is twenty dollars a week. You want one?"

"Yes," Papá answered. "Please."

The foreman wrote D-2 on the yellow card. As he handed it to Papá, he said, "Pedro Garcia's your crew chief. He'll expect both of you ready by six in the morning. We'll be working Monday through Saturday. Sundays off. Next!"

I'd never stayed in Camp D before, but I knew it didn't matter. The restroom had a window, where I'd be able to look out on the clotheslines and the cotton fields and say a prayer of thanks for having Sundays off and for my parents' dream coming true. I'd leave my mark of the cross under the window and then wait to see if another cross appeared next to it.

As Papá and I walked out of the office and past the other workers in line, his walk was tall and proud. Now, so was mine.

As we walked toward La Blanca, I wanted to ask Papá if he'd seen where the foreman had written the number two, but I didn't. I knew a man didn't need anyone telling him or showing him that he was a man. He knew he was a man, and that was that, the end of the story.

Once seated inside La Blanca, Papá didn't start her up right away. I knew then that he had something to say. Instead of talking, though, he turned and looked out the driver's side window at the sea of cotton and then he made a sound I'd never heard coming from him before. He started crying—crying quietly like a man, then freely like a boy and then desperately like a baby.

I didn't say anything because I knew that was what a man would do. Instead, I did what a son would do. I held Papá, closed my eyes and let time float by. I thought about him and Mamá. Then, I thought about my brothers and sisters. I prayed that one day I'd be able to give them a life where they'd have nothing more to do than run and play.

Para mi 'amá, esposa e hijos

" . . . *cuando la democracia verdaderamente se esta-blezca, los niños tendrán la completa libertad de jugar"*.

—Joseph Lee

Father of the Playground Movement

[Padre del movimiento de recreación infantil]

ÍNDICE

CAPÍTULO UNO
Al norte 1

CAPÍTULO DOS
La línea 7

CAPÍTULO TRES
El barrio 15

CAPÍTULO CUATRO
El campamento 27

CAPÍTULO CINCO
El trabajo 36

CAPÍTULO SEIS
La víbora 49

CAPÍTULO SIETE
Curandera 58

CAPÍTULO OCHO
Esperando 72

CAPÍTULO NUEVE
Nuestros domingos 79

CAPÍTULO DIEZ
El último día 90

CAPÍTULO ONCE
Sólo dos 95

CAPÍTULO UNO
Al norte

Todos teníamos asignada una tarea la tarde del sábado antes de que nuestra familia empezara el viaje hacia los campos de algodón en el oeste texano. Mis hermanas, Lala (Eulalia) y Esmeralda, ayudaron a Mamá a empacar nuestras maletas, y mis hermanos, Juan Daniel y Oscar, le ayudaron a empacar el resto de las cosas. Mi trabajo ere lavar la Blanca, una camioneta Chrysler 1951 que Tío José le había vendido a mi padre en 1959. Esta tenía partes oxidadas, por aquí y por allá, pero era segura y rápida. Cuando terminé de lavarla, brillaba como nueva.

A la mañana siguiente, antes de que amaneciera, lo único que faltaba por hacer era subir todo en el techo de la Blanca, cubrirlo con un toldo y amarrarlo. Mis hermanos y mis hermanas se subieron a la parte de atrás. Como yo era el mayor, a mí me tocaba sentarme enfrente con Papá y Mamá.

Antes de salir, Mamá siempre rezaba para que tuviéramos un viaje seguro. Esta vez, para sorpresa de todos, cuando Papá encendió la Blanca, Mamá prendió el radio. Ella nunca antes había prendido el radio antes de que estuviéramos en la carretera. Pero esta vez lo prendió inmediatamente y hasta le subió al volumen mucho. Creo que hizo esto para que Espy se sintiera especial.

Espy era mi hermana pequeña. Su verdadero nombre era Esmeralda, pero la llamábamos Espy porque, cuando era bebé, ella quería que Mamá la cargara todo el tiempo.

—Esmeralda —Mamá le decía jugando—, eres como una espina que siempre me está picando.

Este era el primer año que Espy venía con nosotros a la pizca de algodón. Antes de que ella cumpliera ocho años, ella se quedaba con mis abuelos Daniel y Cruz, así como todos mis hermanos lo habían hecho hasta cumplir los ocho años.

* * *

Casi siempre nos tomaba sólo siete horas para viajar de nuestra casa en Piedras Negras, México, a los campos de algodón en el oeste texano, pero cuando mis hermanos empezaron a hacer el viaje con nosotros, nos tomaba más tiempo porque teníamos que

parar una y otra vez para que pudieran ir al baño. Para ser honesto, a mí no me molestaba.

Desde que era niño, me encantaba oír la música en español mientras manejábamos en la carretera. Así es que si tardábamos más, mejor. El ritmo de la música siempre acompañaba el zumbido del motor del carro. No importaba cuál fuera la letra de las canciones. Con las cumbias siempre me daban ganas de bailar, y los corridos me relajaban y me hacían pensar en la vida. Pero mi parte favorita del viaje era cuando se quedaban dormidos los más chicos y yo me hacía el dormido. Era entonces que Mamá apagaba el radio, y Papá veía por el espejo retrovisor y susurraba: —Mira, *look*.

Creyendo que dormíamos, Mamá hacía lo mismo de siempre: me miraba a mí y luego se daba vuelta para mirar a mis hermanos y hermanas, diciendo: —Nuestros bebés están creciendo tan rápido.

Papá siempre asentía y le daba un apretón en la mano a Mamá. Luego, juntos miraban el camino frente a ellos.

Después de esto, yo normalmente me quedaba dormido y no despertaba hasta que parábamos en una gasolinera para ir al baño. Conforme mis hermanos se bajaban de la Blanca quejándose de esto y de aquello, Mamá les decía que se apuraran y que se lavaran las

manos con jabón. Después, preocupada, se ponía a mirar los autos en la carretera.

La mayoría de los carros y las trocas que nos pasaban iban cargados con campesinos. Algunos reducían la velocidad y se detenían en la gasolinera para poner gasolina o esperar su turno para ir baño. Pero eso no le importaba a Mamá. Ella seguía vigilando. Cuando salieron los más chicos del baño y preguntaron si podían comprar una Coca Cola o caminar un poco, ella les decía que no, y que en vez de pensar en gastar dinero o ir a explorar, mejor se pusieran a cuidar si venía la Migra.

La mera mención de la Migra —así llamábamos a la Patrulla Fronteriza— era suficiente para asustar a cualquier niño. Cuando tu mamá pronunciaba esas dos palabras sabías que te tenías que poner a rezar con todas tus fuerzas para que la Patrulla Fronteriza no apareciera en la carretera.

Mis padres me advirtieron de la Migra desde la primera vez que hice un viaje por los Estados Unidos para visitar a mis parientes. —Tu tía y tu tío tienen permiso para vivir en los Estados Unidos, pero nosotros no.

—Así es que —Papá me había dicho—, si nos llega a parar la Migra, no digas nada. Deja que tu mamá y yo hablemos. Si te hacen alguna pregunta di, "No hablo inglés".

—¿Entiendes? —preguntó Mamá—. ¿Sí?

Respondí: —Sí.

Mis hermanos y hermanas se aprendieron muy bien la lección.

Por un buen tiempo me pregunté por qué era que mis padres nos pedían que mintiéramos sobre el no saber inglés. Habíamos aprendido a leer y a hablar inglés en la escuela y al visitar a nuestros primos que vivían en el norte. No fue hasta que le pregunté a mis primos que entendí que si le decía a la Patrulla Fronteriza que hablaba inglés, ellos me harían traducirles ciertas preguntas a mis padres.

—¿Preguntas? —les pregunté—. ¿Qué tipo de preguntas?

—Como, dónde vives —dijeron—, dónde naciste o si tienes una tarjeta verde.

—¿Una tarjeta verde? ¿Qué es eso?

—Es una tarjeta que dice que tienes permiso para estar en los Estados Unidos.

—Y ¿qué pasa si no tienes una tarjeta verde?

—Si no la tienes, los ponen a ti y a tu familia en la cárcel.

—¿En la cárcel?

—En la cárcel —dijeron—, por mucho, mucho tiempo.

Nunca les pregunté a mis padres sobre esto. Pero cuando nos subimos a la Blanca y volvimos a la carretera, pude ver que por el alivio en la cara de Mamá que lo que habían dicho mis primos era cierto.

La línea

Para cuando llegamos a la oficina de contratación de los campesinos, donde se asignaban los trabajos, la línea de los que solicitaban trabajo se extendía desde la puerta de malla hasta la calle no pavimentada. Después de estacionar en el espacio más cercano posible, Papá me dijo que me apurara y que fuera con él.

Le entregó las llaves a Mamá y dijo —Toma, por si tienes que mover la Blanca.

Me puse en la línea y cuando miré para atrás, pude ver que mis hermanos jugaban en la parte trasera de la Blanca. Mamá estaba en el asiento de enfrente mirando derecho. La parte superior de su cara estaba cubierta por una sombra y la de abajo medio iluminada por el sol. Podía ver que estaba rezando. Siempre rezaba hasta que era seguro que teníamos el trabajo que nos daría suficiente dinero para cubrir nuestros gastos para el resto del año.

Mamá se dio cuenta que la estaba mirando y me saludó con la mano. Yo ya no participaba en los juegos

de niños, pero para hacerla sentir mejor, me escondí detrás de Papá y luego me asomé y me volví a esconder. Conforme me escondía y me asomaba, su sonrisa crecía más y más. Había jugado a las escondidillas con ella desde que era bebé. Ahora ya tenía trece, casi catorce años. Apenas estábamos empezando a disfrutar del juego cuando Papá me pidió que fuera por el permiso del gobierno americano. Lo había olvidado en la guantera de la camioneta.

Corrí hasta Mamá y le expliqué lo que pasó. Ella encontró la carta luego luego y cuando me la entregó, me dijo: —Parado en la línea, Junior, pareces un niño grande.

Al oírla, mis hermanos me hicieron gestos por detrás de ella. No dejé que eso me molestara porque ellos eran bebés y yo casi era grande.

Mientras regresaba a la cola, algunos de los campesinos empezaron a mirarme raro. Creo que pensaban que me estaba metiendo en la línea. Para recordarles que yo ya estaba en la línea, agité la carta, gritando: —¡Papá, papá, encontré la carta! —Algunos dejaron de mirarme, pero otros siguieron observándome hasta que le entregué la carta a Papá y retomé mi lugar en la cola.

Nos tomó casi treinta minutos a Papá y a mí llegar al frente de la línea. Cuando llegamos, Papá le entregó

la carta al capataz, un americano alto con sombrero vaquero. Parecía que estaba de mal humor todo el día.

Le arrancó la carta de la mano a Papá, la revisó y preguntó: —¿Tú eres Emilio Faustino Hernández?

Como Papá sabía que el capataz siempre tenía prisa, Papá respondió tan rápido como pudo: —Sí.

—¿De Piedras Negras, México?

—Si.

—¿Hablas inglés?

—Sí.

—¿Cuántos van a trabajar?

—Siete.

—¿Eso te incluye a ti y a tu esposa?

—Sí, y a nuestros hijos.

—¿Cuántos años tienen ellos?

—Junior tiene trece, Lola doce, Juan Daniel . . .

—No quiero sus nombres, carajo, sólo sus edades. ¿Cuántos años tienen?

—Trece, doce, once, nueve y ocho.

—¿El de ocho, es niño o niña?

—Niña.

—¿Es la primera vez que pizca?

—Sí, señor.

—¿Crees que está lista? Tenemos una cosecha grande este año. Vamos a necesitar que todos trabajen cada

minuto de cada hora y de cada día. No queremos que ella los vaya a retrasar a ti a o a tu esposa, ¿comprendes?

—No, señor, ella trabajará bien . . . todos trabajarán bien. Cuatro de ellos vinieron el año pasado.

El capataz se inclinó sobre el escritorio, sus ojos lucían más malos, y dijo —Vale más que trabaje bien. Si no, se quedarán sin trabajo más pronto que lo que canta un gallo.

—Sí —dijo Papá—. Sí, señor.

El capataz escribió el nombre de mi papá en un libro rojo con renglones azules. Al lado de su nombre, en la columna de los hombres, dibujó un 1 y en la columna de las mujeres puso un 5. Luego le dijo a Papá cuánto nos pagarían.

Desde la primera vez que yo había esperado en la cola con Papá, sabía que lo máximo que nos pagaban eran 15 centavos por cada libra de algodón que cosechábamos. Así es que cuando el capataz dijo que nos pagarían 30 centavos por libra, Papá volteó y me miró. Yo sabía que se estaba preguntando si yo había oído lo mismo que él.

Y sí, había oído lo mismo.

Yo estaba pensando que el capataz se había vuelto loco —bien loco— y sabía que Papá también estaba pensando lo mismo.

El capataz escribió cuánto nos iban a pagar en una tarjeta amarilla similar a la que nos daba todos los años. Después le preguntó a Papá si quería rentar una casita de campo.

—Sí— respondió Papá—, por favor.

Los campesinos rentaban estas casitas de campo de los granjeros. El costo de la renta cambiaba cada año. Si te pagaban mucho, la casita costaba mucho. Si te pagaban poquito, la casita seguía costando mucho, pero no tanto como cuando pagaban mucho. Si querías, podías rentar un lugar en Lohrann, la ciudad más cercana adonde trabajábamos, pero eso costaba más que una casita, y tenías que manejar al trabajo todos los días. Así es que la mayoría de los campesinos rentaban una casita.

—Son treinta y cinco dólares a la semana —dijo el capataz—. ¿La quieres?

—Sí —respondió Papá—. Está bien.

Casi siempre trabajábamos como doce horas al día. Durante ese tiempo mi familia cosechaba por lo menos seiscientas libras de algodón. Sabía que no habría problema para pagar la renta y hacer suficiente dinero para el resto del año.

El capataz escribió la letra y el número C-8 en la tarjeta amarilla que le entregó a Papá. La letra se refería al campamento y el número a la casita que rentaríamos. Había cinco campamentos y cada uno tenía diez casitas. Hasta ahora me había quedado en A-2, B-7, E-4 y E-8.

—Sammy Bravo es el jefe de su grupo —dijo el capataz—. Él los recogerá a las seis de la mañana empezando mañana y todos los días después. Si llegan tarde, los dejará. Si tú, o cualquiera de ustedes, llega tarde una vez más, los despediré a todos. ¿Comprendes?

—Sí —dijo Papá—, por supuesto.

Por alguna razón, las trocas llevaban a los campesinos de los campamentos más cercanos a los campos más alejados de sus casitas. En mi primer viaje, le pregunté a mi padre por qué hacían eso, y me respondió que los dueños de las granjas y el capataz tenían miedo de que la gente volviera a sus casitas a escondidas para tomar agua, comer o salirse del trabajo. Esa manera de pensar no tenía sentido para mí. ¿Por qué iba a estar la gente allí si no era para trabajar?

Al ver que Papá había entendido lo que le había dicho hasta ahora, el capataz entonces dijo: —Como tenemos una cosecha abundante este año, trabajaremos siete días a la semana. ¿Entiendes?

—¿Siete días? —preguntó Papá.

—Siete días —dijo el capataz—. Si tienes problema con eso, ahí está la puerta.

—No, señor —dijo Papá—, no hay problema.

Habiendo terminado con nosotros, el capataz gritó: —¡El que sigue!

Mi padre le dio las gracias, y cuando salimos de la oficina y pasamos a los campesinos en la línea, el paso de Papá era recto y orgulloso. El mío era casi igual.

Cuando regresamos a la Blanca, Papá le entregó la tarjeta amarilla a Mamá.

Sus ojos se agrandaron al leerla. —¿Es esto cierto, Emilio? ¿Treinta centavos por libra?

Papá asintió con la cabeza una y otra vez, y anunció: —¡Así es! ¡Treinta centavos por libra!

Mamá rio y agarró la tarjeta contra el pecho. Cerró los ojos, rezó y diciendo "Amén" se persignó.

—Pero hay una cosa. . . . Tenemos que trabajar siete días a la semana.

—¿Siete días? —Mamá repitió sorprendida.

—Siete días —repitió Papá en voz baja.

No sabía si mis padres antes habían trabajado siete días a la semana, pero sabía que yo y mis hermanos no. El trabajar seis días a la semana era suficiente, así es que sabía que siete iba a ser mucho más difícil, especialmente para Espy.

—¿Y la iglesia? —preguntó Mamá—, ¿y la tienda?

Papá sonrió, le guiñó un ojo y cuando prendió la Blanca dijo: —No te preocupes, nos la arreglaremos. Como siempre.

Mamá no dijo nada. Yo sabía que ella había encontrado algo más por qué rezar y preocuparse.

CAPÍTULO TRES
El barrio

Cada año desde que empezamos a ir al norte, nuestros padres siempre nos llevaban al Parque Campesino y luego de compras a El Conejo. El parque así como la tienda estaban en el barrio Coronado en el noroeste de Lohrann. El Parque Campesino había sido nombrado en honor a los campesinos agrícolas, como mis abuelos, que habían acampado allí cuando primero empezaron a viajar al oeste de Texas para la pizca de algodón. El barrio Coronado llevaba el nombre del explorador español, don Francisco Vásquez de Coronado, y la Ciudad de Lohrann fue nombrada por el hijo y la hija del fundador de la ciudad, Dr. Harold K. Jackson.

En el viaje de veinticinco millas a Coronado no hice nada más que mirar los surcos de algodón que pasamos en el camino y al sol que saltaba del asfalto frente a nosotros. Mientras miraba los surcos de algodón pasar rápidamente por mi ventana, me imaginé que eran las piernas largas de un gigante con pantalones a

rayas que caminaba a mi lado. Cuando miré el sol que saltaba del asfalto frente a nosotros, me imaginé que había un charco enorme en la carretera que nuestra camioneta nunca alcanzaba, que sólo se alejaba más y más cuando nos acercábamos. Lo único que me distraía del gigante que caminaba a nuestro lado o del enorme charco era la oleada de campesinos que nos pasaban en el camino. La mayoría saludaba, y algunos bajaban la velocidad para preguntarnos de dónde éramos.

—Piedras Negras —gritaba Papá—. ¿Y ustedes?

—De Matamoros —gritaban algunos.

—De California . . .

Algunos preguntaban si iban en la dirección correcta a Coronado.

—Sí —gritaba Papá—, ¡faltan unas cuantas millas!

Cuando les preguntabas a los trabajadores de dónde eran, nunca sabías qué iban a responder. Eso era un juego de adivinanzas divertido. Lo que hacíamos era que justo cuando se acercaban a nuestro lado, todos les gritábamos de dónde pensábamos que eran. El que adivinaba correctamente, aleteaba los brazos como gallina y cantaba como un gallo: "¡Quiquiriquí!" No había otra cosa mejor en el mundo entero que ver a tu padre o madre cantando como un gallo y aleteando como una gallina. Ahora que lo pienso, a lo mejor hay otra cosa mejor que eso: la mirada en la cara de los

campesinos que nos veían quiquiriqueando y aleteando. Nos veían desde la caja de la troca o se asomaban por las ventanas del pasajero para mirarnos con detenimiento.

Esa era la buena vida, cuando el tener hermanos y hermanas a quien cuidar no parecía ser un dolor de espalda. Sí, los quería, y sabía que ellos me querían a mí, pero a veces deseaba que se apuraran a crecer.

✳ ✳ ✳

Cuando nos estabamos acercando a Lohrann, Papá apuntó hacia el horizonte y dijo: —Ya casi llegamos.

Me enderecé y mis hermanos y hermanas se movieron para poder mirar por el parabrisas de la Blanca.

—Allí está, Espy —gritó Oscar, apuntando—. ¡El edificio de Lone Star! ¡Tiene veinte pisos!

—Y prepárate —dijo Juan Daniel—, porque cuando estemos en la ciudad, habrá muchos carros y casas y edificios . . .

Espy lo interrumpió, preguntando: —Y Coronado, ¿cuándo vamos a llegar?

—En unos diez minutos —dijo Papá.

—Diez minutos —lloriqueó Espy—, ¡diez minutos es muy largo! Ya quiero llegar.

Nos tomó poquito más de diez minutos atravesar las vías del tren para entrar al barrio Coronado, pero

cuando lo hicimos, Espy se volvió loca. Apuntaba para
allá y para acá y para todos lados diciendo: —Miren,
allí está la peluquería Flores, la zapatería Patsy, el res-
taurante Fiesta, la gasolinera Alex, la tienda del Salvation Army y el periódico *El Editor*.

—¿Y la iglesia? —exigió Espy—. ¿Dónde está la iglesia?

—Por allá, Espy —dijo Mamá, apuntando.

—¡San José! —gritó Lola—. Ya la vas a ver por dentro, Espy, es bella.

Quería decir algo sobre el hecho de que trabajaríamos siete días a la semana y el no poder ir a la iglesia
hasta que volviéramos a casa, pero sabía que mis
padres tendrían que explicárselo a mis hermanos y
hermanas. Así es que decidí no decir nada.

Un instante después, Espy empezó a gritar: —El
parque, ¡el Parque Campesino! ¡Lo veo! ¡Lo veo! —Al
escuchar la emoción en su voz y al ver el asombro en
sus ojos, recordé las historias que mis padres y abuelos
nos habían contado de las veces que ellos estuvieron
en el Parque Campesino cuando eran jóvenes. Aún
recuerdo el sube y baja de madera que me astillaba
cada vez que me sentaba en él y los columpios de
madera que me dejaban subir hasta tocar el cielo. Mis
padres me advirtieron del columpio de llanta que se
ponía tan calienta que era imposible usarlo o el pasa-

manos en el que teníamos que tener cuidado de no caer y quebrar un brazo.

Recuerdo que mi abuelo me contó que él se cayó y se fracturó el brazo en tres partes. —Pero —dijo—, aún así pizqué algodón con un brazo y más rápido que ninguna otra persona.

Se reían y después se quedaban callados otra vez.

Luego Mamá dijo: —A nuestros padres, tanto como a Papá y a mí, les encantaba el parque de juegos. Ahora, a todos ustedes también les gustará.

Papá agregó: —Podrán reemplazar los juegos del parque, pero no los recuerdos.

El Parque Campesino estaba esperando a Espy: su risa, su júbilo y los recuerdos que estaban por hacerse.

Como había otros campesinos que estaban llegando a Coronado a recoger abastecimientos o para dejar que los niños jugaran en el parque, nos tomó unos minutos encontrar estacionamiento. Cuando lo hicimos, Espy fue la primera en bajar de la camioneta.

Mamá le dijo que se calmara y luego volteó hacia Lola y dijo: —Lleva a Espy al parque y tengan cuidado al cruzar la calle.

—Dígaselo a Espy, Mamá —se quejó Lola—. Está muy emocionada. Ya la viste.

—Espy —ordenó Mamá—, vale más que escuches a tu hermana mayor. ¿Entiendes?

—Sí, señora —dijo Espy—. Se lo prometo.

—Junior, tú y Juan Daniel, ayúdenme a mí y a tu padre. Oscar, ve con Lola y Espy.

Se despidieron una vez más, y Lola caminó con Oscar y Espy por la banqueta y luego cruzaron la calle. Los vi alejarse y noté cuánto habían crecido desde el año pasado. Me recordó de algo que Papá me había enseñado: "El tiempo no se detiene para nadie".

—Juan Daniel —ordenó Mamá al bajar de la camioneta—, toma, tú lleva los burritos . . . y Junior, tú la canasta de picnic. Papá, tú lleva la cobija y el agua. Yo iré a la iglesia. Ustedes vayan al parque y preparen todo para el picnic. Y no se preocupen, no me tardaré. —Sin decir más, Mamá se alejó.

Caminamos por la calle hacia el parque. Cuando llegamos, Papá extendió la cobija debajo de la sombra del árbol más alto. Yo puse la canasta de picnic en la cobija, y Juan Daniel la bolsa con los burritos. Luego Papá dijo que podíamos ir a jugar, que estaba bien.

Miré a Juan Daniel, y él me miró a mí. —Ve —le dije—. Estoy bien.

Juan Daniel no esperó a que se lo dijera dos veces. Salió corriendo y se puso a jugar con unos niños.

—Tú también puedes ir a jugar —dijo Papá.

—Está bien —dije—. No tengo ganas.

—¿Estás seguro?

Dije que sí, aunque sí quería jugar, especialmente porque sabía que íbamos a estar trabajando sietes días a la semana. Es que me daba miedo verme muy infantil, como un niñito.

Supongo que Papá me leyó la mente porque me dijo: —Sabes qué, Junior, un hombre jamás es demasiado viejo para divertirse, especialmente cuando se trata de pasarlo bien con su familia. Por eso, anda, ve a jugar.

Me sonrió y me guiñó el ojo.

Le sonreí y dije: —Okay, creo que iré.

Salí corriendo y al acercarme al parque de juegos, Espy corría hacia mí. —Junior, Junior, ¡ayúdame, por favor! —gritó—. Estamos jugando a las escondidas, y no puedo encontrar a nadie.

—No hay problema —le dije—. Yo te puedo ayudar.

Me dio las gracias, y juntos fuimos a buscar a los niños.

Cuando Espy y yo los encontramos a todos, jugamos a perseguirnos, a los encantados, a Duck, Duck, Goose y a Red Rover. Parado en el último peldaño de la escalera del tobogán, pude mirar a mis padres sentados sobre nuestra cobija. Me pregunté de qué estarían hablando. Y si algún día yo me enamoraría, si me casaría y tendría

mis propios hijos. En eso Papá puso su mano en la mejilla de Mamá, y se dieron un beso.

Luego Mamá preparó todo y nos llamó para que fuéramos a comer. Pude ver que todos estaban con hambre porque llegaron corriendo. Y ¿yo? Yo esperé a que les sirvieran primero a mis hermanos y hermanas.

Rezamos antes de comer para dar las gracias por nuestros alimentos. Luego Papá dijo que tenía que decirnos algo. Guardamos silencio. Sabíamos que cuando tenía que decirnos algo, siempre era algo importante. Aunque yo ya sabía de qué se trataba, estaba un poco preocupado, porque uno "Nunca sabe algo hasta que lo sabe", como siempre decía Papá.

—Cuando nos contrataron hoy —empezó Papá—, el capataz dijo que haríamos buen dinero, y estoy agradecido por eso. Pero también dijo que estaremos trabajando los siete días de la semana.

—Siete días —repitió Mamá.

—No es fácil —dijo Papá—, pero Mamá y yo queremos que trabajen lo mejor que puedan. Recuerden, si alguna vez están tan cansados como para querer parar, no tengan miedo de decírnoslo.

—Nada en esta vida es fácil, pero cuando tienes una familia que te ayude a llevar la carga, nada será imposible. Nunca olviden eso, nunca.

—¿Y la iglesia? —preguntó Lola.

—No podremos ir —dijo Mamá—, pero eso no quiere decir que no podemos rezar los domingos. Podemos hacerlo, y lo haremos.

—¿Lo promete? —preguntó Espy.

Mamá la abrazó y dijo: —Lo prometo.

Miré a mis hermanos y hermanas. Sabía que no estaban pensando en lo que Papá había dicho. Estaban muy ocupados comiendo y hablando de lo que querían jugar después.

En cuanto Papá terminó, se levantó y dijo: —Estoy listo para que me atrapen. ¿Qué crees, Mamá? ¿Crees que son lo suficiente rápidos para atraparme?

Después de comer la última mordida de su comida, Mamá se levantó y dijo: —¡Yo sí soy lo suficientemente rápida para atraparte!

Hubo un segundo cuando no supimos lo que sucedería después. De repente, Mamá corrió para atrapar a Papá exactamente como lo había hecho todos los años desde que íbamos al Parque Campesino. Lo atrapó y él a ella. Cuando yo y mis hermanos comimos el último bocado, también los perseguimos a ellos. Corrimos y corrimos hasta que los atrapamos. Después, Mamá y Papá se empujaron el uno al otro en los columpios, se turnaron para deslizarse por el tobogán y luego se subieron al carrusel, dándole fuerte pero no mucho. Se rieron y rieron, todos estábamos tan con-

tentos de tener trabajo y de poder disfrutar del parque.

Cuando el sol empezó a ponerse y hubo muchos mosquitos, mis padres caminaron a la tienda de abarrotes El Conejo para comprar chorizo, harina, huevos, leche, café, hielo y papel sanitario. Mientras mis padres hacían las compras, yo tenía que cuidar a mis hermanos menores. Normalmente eran ruidosos, pero estaban tan cansados que se quedaron calladitos en la parte de atrás de la Blanca, descansando después de todo lo que corrimos en el Parque Campesino.

Por mi parte, cerré los ojos y los escuché susurrando algo uno a otro. Eso me recordó que yo hacía lo mismo cuando era pequeño. Que yo estaba creciendo y que todo en la vida termina.

CAPÍTULO CUATRO

El campamento

Cuando llegamos al Campamento C, nuestra primera parada fue la Casita 1 donde el jefe de grupo siempre se hospedaba, sin importar el campamento. Mi padre tenía que ir a registrarse y firmar para que le dieran la llave que abriría la puerta de nuestra casita. También le entregarían una hoja de papel con las reglas del campamento:

- No beber.
- No oír música fuerte.
- No visitantes de la ciudad.
- No pelear.
- No hacer fuegos aparte de las hogueras.
- Sólo las personas que están en su grupo podrán dormir en su casita.
- No compartir el agua de su casita con otras personas.
- Si tiene algún problema con su vecino, hable con el jefe de grupo. Sólo él podrá decidir quién tiene la razón. Si Ud. no está de acuerdo con la decisión, Ud. es libre de irse sin recibir pago.

Todos estábamos de acuerdo de que las reglas eran justas. Si las conocías desde el principio y las rompías, la culpa no era más que tuya.

Papá se estacionó al lado de la troca gigante del jefe de grupo, caminó a la puerta y tocó. Segundos después, abrió la puerta el jefe de grupo.

—Hola, señor —dijo Papá—. Soy Emilio. Emilio Hernández, de Piedas Negras.

Cuando se dieron la mano, el jefe de grupo dijo: —Sammy, Sammy Bravo.

—Es un placer conocerlo —dijo Papá.

—Igualmente —dijo el jefe de grupo.

Papá señaló detrás de sí, y dijo: —Yo y mi familia estamos en la C-8.

El jefe de grupo entró a su casita y volvió con un portapapeles, la llave de la casita y una hoja de papel con las reglas. Le entregó la llave y las reglas a Papá y luego le extendió la pluma y el portapaleles.

—Firme aquí —le dijo—. Si pierde la llave, deberá pagar treinta dólares para reemplazarla.

—Sí —dijo Papá— por supuesto.

—¿Están listos para mañana?

—Sí —dijo Papá—, ya queremos empezar.

—Eso es lo que quería oír —dijo el jefe de grupo—. Nos veremos en la mañana, a las seis en punto. Si necesita cualquier cosa antes, me lo dice por favor.

Se estrecharon las manos por última vez, y Papá regresó a la Blanca.

Sammy nos saludó de lejos y nos deseó buenas noches. Luego cerró la puerta de su casita.

Para entonces, los que se estaban quedando en el campamento estaban cenando y se habían reunido alrededor de una de las dos hogueras que usaríamos para hacer las fogatas. Una de las hogueras era para los hombres y la otra para las mujeres. Nadie sabía por qué era así, y nadie lo cuestionaba; así eran las cosas. En la hoguera de los hombres alguien tocaba la guitarra y otra persona la harmónica, mientras que los demás platicaban. En la hoguera de las mujeres, alguien remendaba una camisa y otra cuidaba una jarra de café, mientras que las demás platicaban. Los niños corrían por aquí y por allá, sus mamás les gritaban que tuvieran cuidado con el fuego y que no se fueran muy lejos. En las sombras, los hombres jóvenes hablaban con las muchachas jóvenes.

Las puertas y ventanas de la mayoría de las casitas aún estaban abiertas, señal segura de que las personas que estaban adentro estaban tratando de que el aire fresco entrara y de que saliera el aire estancado. En todas partes olíamos la inolvidable fragancia de tortillas y oíamos el sonido delicioso del español hablado.

Cuando pasamos por las casitas, sus ocupantes nos saludaban y clamaban: "¡Bienvenidos!"

Cuando nos estacionamos en nuestra casita, Espy preguntó si ella podía abrir la puerta. Mamá dijo que sí, pero sólo por esta vez. Bien emocionada, Espy tomó la llave, y con un poquito de ayuda de Papá, abrió la puerta y giró la perilla. La puerta se abrió despacio como si estuviera dándole la bienvenida a un mundo secreto que nunca antes se había visto.

Luego Mamá nos dijo a los hombres que ayudáramos a meter todas las cosas mientras ella y mis hermanas limpiaban y sacudían el polvo.

Adentro, las casitas eras todas iguales. Entrabas a un cuarto grande. Una parte de este era la sala y la otra la cocina. La única puerta de adentro era para el baño. Sólo teníamos agua fría. Los pisos eran de cemento y las paredes de bloques de cemento. La sala tenía una mesa pequeña, dos sillas, una mesita de centro, dos lámparas y una cama pequeña. Mis hermanas dormirían en la cama y el resto de nosotros en el piso. No había recámaras.

La cocina tenía un refrigerador pequeño, una estufa pequeña y un enchufe a la izquierda del sink para nuestro radio. Había un gabinete encima del sink. Adentro había platos de distintos colores, vasos y tazones de metal, y por debajo había unas ollas, sartenes y

una caja de tenedores y cucharas para comer y cocinar. Mamá nunca usaba esas cosas; ella traía las suyas.

Como no había espacio en los gabinetes, Juan
Daniel y Oscar hicieron una pirámide contra a la pared
con las latas de comida que habíamos traído. Pusimos
la carne que no cupo en el refrigerador en una hielera
con hielo, y en otra pusimos el hielo que sobró. Usa-
mos ese hielo en las bebidas o lo chupamos cuando se
puso muy caluroso. El hielo se reemplazaba tan pronto
como fuera necesario o cuando tuviéramos que ir a
comprar carne, lo cual sucedía cada tres o cuatro días.

El baño tenía un inodoro, una regadera pequeña y
un gancho para las toallas. Mamá nos mandaba bañar-
nos todas las noches. A mí no me molestaba. Yo era el
mayor; eso quería decir que entraba primero, después
de Mamá y Papá.

Sólo había dos ventanas: una al lado de la puerta
principal y otra pequeña en el baño. De la ventana del
baño se podían ver los algodonales y los tendederos
donde Mamá colgaba la ropa a secar que lavaba cada
miércoles y domingo.

A mí me gustaba asomarme por la ventana del
baño. Pensaba en aquellos familiares que habían trabajado en los campos antes de nosotros, y luego, susurraba una oración de agradecimiento por ellos, por
haber estado aquí antes que yo. Luego, decía una ora-

ción por los que estarían trabajando en los campos con nosotros, una oración para que sus deseos y sueños se hicieran realidad. Luego, con mi navaja, tallaba una cruz pequeña debajo del marco de la ventana. Para verla, uno tendría que estarla buscando. Era un regalo para el ser especial que la encontrara.

Para la cena comimos los burritos del segundo saco que Mamá nos preparó y que mantuvo a sus pies en el asiento delantero de la Blanca. Los ponía allí para que nadie se los comiera cuando les diera hambre en el camino. Mamá nunca cocinaba nuestra primera noche en el campamento. Había mucho que hacer, pero ella siempre se las ingeniaba para poner a cocer una olla de frijoles y hacer una pila gigante de tortillas para cuando nos íbamos a acostar. En la mañana, usaría los frijoles y las tortillas para preparar nuestros lonches.

Cuando terminamos la cena, preparamos la ropa que usaríamos al día siguiente y nos pusimos las piyamas. Como las casitas se ponían muy frías por la noche, teníamos que usar piyamas. Mientras esperábamos nuestro turno para ir al baño para cambiarnos, elegimos nuestro lugar en el piso y pusimos nuestros sacos de dormir y nuestras almohadas. Antes de acostarnos, Mamá nos dio una sorpresa: ¡una tortilla calientita con mantequilla! Estaban recién hechas, sabían deliciosas y olían al cielo. Después de eso nos cepillamos los dien-

tes y, cuando ya estábamos acurrucados en nuestros sacos de dormir con nuestras cabezas sobre las almohadas, rezamos. Luego nos desamos las buenas noches unos a otros.

Acostados en nuestros sitios, vimos a Mamá preparar el pequeño altar alrededor del crucifijo que llevaba consigo desde que era niña y trabajaba en los campos de algodón. Lo puso sobre la mesita de centro que estaba a un costado de la puerta de entrada y luego prendió una vela que tenía la imagen de la Virgen de Guadalupe y la puso al lado. Se arrodilló enfrente del altar y rezó unos segundos, luego sacó un rosario de un bolsito de terciopelo negro y agachó la cabeza. Estaba a punto de empezar a rezar el rosario cuando Espy susurró: —Mamá, no puedo dormir.

—Acuéstate, bebé. Ya verás que te quedas dormida.

—Está bien —dijo Espy tristemente—, lo intentaré.

Hubo silencio, pero sólo por unos segundos antes de que Espy preguntara: —Oye, Papá, ¿crees que haga mucho calor mañana?

—Creo que mañana será lo que deba ser mañana —le respondió.

—¿Qué quiere decir eso? —preguntó Espy.

—Pregúntaselo a Diosito —susurró Mamá—. Dios te lo dirá. Ahora duerme, m'ijita, mañana tendremos un día largo.

Yo y mis hermanos sabíamos exactamente lo que Espy sentía. Habíamos estado igual de ansiosos como ella la noche antes de trabajar por primera vez en los campos de algodón. También sabíamos que esa sería la última noche que ella estaría demasiado emocionada como para dormir, porque las noches después de esa, Espy estaría tan cansada del trabajo que se quedaría dormida tan pronto como su cabeza tocara la almohada.

Pronto el único sonido que se podía escuchar eran los dedos de Mamá sobre las cuentas del rosario. Era el mismo sonido con el que me había quedado dormido en mi primer noche en el norte y con el que me dormía en cada viaje después. Y ahora aquí estaba otra vez con mi familia, dando gracias por ellos y pidiéndole a Dios que nos cuidara mientras nos preparábamos para trabajar siete días a la semana por lo menos durante cuatro o cinco semanas.

CAPÍTULO CINCO
El trabajo

Desde la mañana siguiente, en adelante, todos nos levantábamos para las cuatro y media. Lo primero que oí cuando me levanté fue que Espy le preguntó a Mamá si necesitaba ayuda para levantarnos.

Mamá le respondió: —No, está bien, Espy. Ellos se van a levantar solitos.

Mamá tenía razón, mis hermanos y yo no necesitábamos ayuda para levantarnos.

Para el desayuno, Mamá hizo atole de avena. Las mañanas de frío, cuando los días se hacían más cortos, no había nada mejor que un tazón con la avena bien caliente de mi madre. Le daba sabor con canela y una rebanada de mantequilla que se derretía en la superficie. Nos comimos nuestro desayuno y luego esperamos nuestro turno para usar el baño.

Cuando terminamos de vestirnos, nos aseguramos de que tuviéramos nuestros lonches, guantes y pañuelos dentro del morral que cada uno de nosotros cargaríamos. También nos aseguramos de que nues-

tros sombreros y los costales que usaríamos para cosechar el algodón estuvieran cerca y listos para cuando tuviéramos que salir.

Antes de salir a los campos, Mamá nos entregó a mí, a Papá y a Juan Daniel un galón de agua a cada uno. Yo y Papá cargaríamos nuestras aguas cuando estuviéramos trabajando y la compartiríamos con todos durante el lonche y los descansos. El agua que Juan Daniel debía cargar se quedaría en la troca en caso de que no pudiéramos rellenar las botellas de galón que Papá y yo tendríamos que cargar en el campo.

Papá inició la oración. Era algo que hacíamos cada año. Cuando dijo "Amén", nos persignamos y salimos al aire frío de la mañana. Esperamos que Papá cerrara la puerta de la casita con llave, y luego caminamos hacia la troca de Sammy. Mientras caminábamos, Papá nos recordó que no deberíamos comer hasta que el capataz nos diera permiso. De esta forma nuestro lonche nos duraría todo el día. También nos advirtió que tomáramos el agua despacio para no enfermarnos.

Luego, mirando a Juan Daniel y a Oscar, dijo: —No hagan carreras, ¿de acuerdo? Y no se adelanten mucho.

Cuando nos unimos al resto de los campesinos, jóvenes y viejos, en la cola para subirnos a la troca de Sammy, Papá nos dijo que quería que nosotros hiciéra-

mos que él y Mamá se sintieran orgullosos de ser nuestros papás.

Yo y mis hermanos y hermanas sabíamos que eso quería decir que era hora de dejar de juguetear. Si Espy aún no se daba cuenta de todo lo que estaba pasando, lo único que tendría que hacer era actuar de manera tonta una vez para averiguarlo.

Cuando todos tomaron sus lugares en la troca, Sammy cerró la puerta trasera, echó el pasador y preguntó si estábamos listos. Después de unos cuantos síes, ocupó su lugar en el asiento del conductor. En menos de un segundo, el General —el apodo que le di a la troca de Sammy— retrocedió, y con una vuelta para allá y otra para acá, encontró el camino de asfalto que nos llevaría a los algodonales donde trabajaríamos.

En el camino, uno siempre esperaba que las tablas que rodeaban tres partes de la caja de la troca pudieran protegernos del frígido viento de la mañana pero nunca lo hacían, ni siquiera esta vez. Mientras avanzábamos, los trabajadores sacaron los guantes de sus morrales para calentarse las manos. Los dedos de los guantes estaban cortados para que fuera más fácil cosechar el algodón. Mamá se puso los suyos, y luego Espy hizo lo mismo.

El frío era algo que uno trataba de controlar, pero no había nada que se pudiera hacer con los saltos y

baches en el camino. Nos movimos de lado a lado y para arriba y para abajo hasta que el General disminuyó la velocidad y se salió del camino pavimentado hacia un camino de tierra que era peor que el anterior.

No pasó mucho tiempo antes de que Espy le preguntara a Mamá cuánto faltaba para llegar al campo donde íbamos a trabajar.

—Diez, quince minutos —respondió Mamá.

Luego Espy se quejó: —Mamá, este camino está lleno de baches.

—No te preocupes —le aseguró Mamá—. Te apuesto que ya pronto vamos a llegar.

La mejor parte de pasar por los campos era cuando la troca paraba y nuestra madre anunciaba "Ya llegamos". La peor parte era cuando oías el resoplido del caballo del capataz y éste gritando: —Oye, tú, y tú, ¡empiecen aquí! ¡Ustedes dos, trabajen al lado, aquí! Tú, tú y tu familia, tomen estos tres surcos, y tú, tú y tú ¡tomen los tres surcos al lado de los de ellos!

Era un hombre malo las veinticuatro horas del día. Si no hacías exactamente lo que te ordenaba, gritaba: —No, ¡maldición! ¡Escucha! ¡Este surco no! ¡El de al lado! ¿Qué no hablas inglés? ¿Eh?

Para cuando el capataz le asignó los surcos a nuestra familia, los otros campesinos ya habían avanzado en los suyos. En todo caso, no importaba porque todos

estábamos allí para hacer el mismo trabajo: pizcar algodón tan rápido como pudiéramos. Entre más cosechabas, más dinero ganabas.

Espy se pasó los cordones del morral y del costal de algodón sobre la cabeza y un hombro y se paró en la orilla del surco. Luego, mirando el panorama, exclamó: —¡Miren! ¡Miren todo el algodón!

Papá señaló de un extremo del campo de algodón al otro y dijo: —Pizcaremos todo el algodón desde aquí hasta allá, ¡lo vamos a cosechar todo!

Confundida, Espy preguntó: —¿Todo, Papá? Eso es mucho.

Suspirando, Oscar gritó: —No todo, Espy, pero lo vamos a intentar . . . ¿verdad, Papá?

—Así es —respondió Papá mientras se pasó los cordones del morral y del costal sobre la cabeza y un hombro.

El capataz asignaba los surcos, pero el líder del grupo o de la familia decidía quién trabajaba cada surco. Esta vez, Papá puso a Mamá y a Espy en el mismo surco entre él y yo, y a Lala en el surco entre Juan Daniel y Oscar.

Antes de que empezáramos a trabajar, rezamos para que Dios nos bendijera a nosotros y a nuestro trabajo.

Cuando dijimos "Amén" y nos persignamos, Papá preguntó: —¿Están listos?

—Listos —anunciamos todos.

—¿Espy? —preguntó.

—¡Lista! —gritó Espy.

—Muy bien —exclamó— ¡a trabajar!

Nos movimos rápidamente, nuestras manos tocando el algodón como un músico toca las cuerdas de una guitarra. Era una forma de cosechar algodón que habíamos aprendido de nuestros abuelos. —El algodón no se pizca, se toca —nos habían enseñado—, lo tocas. Así como tocas las cuerdas de una guitarra.

Para pizcar algodón tienes que tener cuidado. Te puedes cortar las puntas de los dedos bien fácil o picarte debajo de las uñas con los erizos y las astillas que crecen en la orilla de la cápsula de algodón. Las cortaditas duelen pero las picaduras debajo de las uñas duelen mucho más. Tienes que acostumbrarte a eso, porque aunque lo evites, te vas a picar y a cortar. Y las cortadas van a sangrar.

El algodón crece dentro de una cápsula del tamaño y color de una lima como las que crecen en un árbol. Para mí, la cápsula de algodón es parecida a una pequeña pelota de fútbol, especialmente cuando se seca y se pone marrón y se quiebra como una flor abriéndose por primera vez. Es en la orillas de los pétalos hechos por la cápsula abriéndose donde están los erizos y las astillas que te cortan y te pican los dedos.

Cuando la cápsula se abre y el algodón húmedo de adentro se seca, se blanquea y se esponja. Allí es cuando sabes que está listo para que se toque como las cuerdas de una guitarra. La parte complicada es que las cápsulas no se abren todas al mismo tiempo. Si hay muchas que se abren después de la primera cosecha y el granjero considera que vale la pena invertir dinero en eso, la cosecha se vuelve a repetir. Por supuesto, esto significaba más dinero para el granjero y ¡más dinero para los campesinos!

Aunque yo no había pizcado algodón en casi diez meses, sabía cómo hacerlo exactamente. También sabía lo importante que era pizcar algodón en ambos lados del surco, y pizcar el algodón que la persona que había pasado antes no haya visto. Sobre todo, sabía que lo más importante era que debía ser rápido y mantener el ritmo. Si no, llegaría el capataz en su caballo y me gritaría: —¡Rápido, caramba! ¡Más rápido!

No era el único que sabía de la importancia de moverse y mantener un ritmo rápido. Todos los trabajadores a mi alrededor se estaban moviendo rápido, hasta Espy. Estaba tomando las bolas de algodón de la derecha y de la izquierda, y la pobre Mamá decía: —Más despacio, Espy. Despacio.

El primer día que coseché algodón, hice lo mismo que Espy. Estaba emocionado y Mamá me repetía una y otra vez que no avanzara tan rápido, y cuando la fres-

cura de la mañana se reemplazó con el calor del día y mi costal se hizo más y más pesado y más difícil de arrastrar tras de mí en el surco, más y más sentí que cosechar algodón era muy difícil para mí. No dejaba de cortarme y picarme debajo los dedos, y cuando tomé mi primer descanso, tomé mucha agua. No vomité, pero sí me dolió la panza. Ahí fue cuando oí que el caballo del capataz se acercó y nos gritó: —¿Qué creen que era esto, mojados? ¡¿Una siesta?! —No pude más y empecé a llorar . . . apenas habíamos trabajado tres o cuatro horas.

Con las lágrimas corriendo por mi cara, mientras intentaba recuperar el aliento, dije: —No quiero pizcar algodón. Es muy difícil.

—Junior —dijo Papá—, deja de llorar, m'ijito, lo estás haciendo bien. Mira, tu costal está tan lleno como el mío.

—Ya —rogó Mamá—, deja de llorar, Junior. No quieres que el capataz te vea llorando, ¿verdad?

Pobrecitos. Hasta me sacaron un poco de algodón del costal y lo pusieron en el de ellos para aligerar mi carga.

Cuando vieron que no era suficiente para que yo dejara de llorar, Mamá dijo: —Reza, m'ijo, para que la Virgen de Guadalupe te dé fuerza.

Recé, y luego Papá dijo: —Sé fuerte, Junior, tú puedes hacer esto. —Luego señaló su corazón.

Eso me llegó. Me hizo sentir fuerte. Entendí lo que estaba diciendo, pero sobre todo, en ese momento

supe que cuando creciera, quería ser un hombre y un trabajador fuerte como él.

Siempre hice lo que mis padres me enseñaron mientras fui creciendo. Nunca me volví a quejar del calor, de la sed o del hambre. Y mientras avanzaba el primer día de trabajo de Espy en los campos de algodón de Texas, parecía que ella nunca necesitaría que alguien le hablara como mis padres me habían hablado a mí.

En nuestro primer descanso para tomar agua esa mañana, Espy orgullosamente proclamó que sólo se había cortado los dedos una vez y picado debajo de las uñas dos. Para cuando pesamos el algodón la primera vez, al mediodía, ella estaba feliz porque había cosechando cuarenta libras. —Eso quiere decir que a 30 centavos por libra —nos explicó durante el lonche—, ¡hice doce dólares!

Claro, estábamos orgullos de ella, pero sabíamos que para cuando tuviéramos el segundo descanso para tomar agua a las tres de la tarde, ella estaría demasiado cansada como para decir una sola palabra. Más tarde descubrimos que nos habíamos equivocado. Porque cuando dieron las tres, ¡no estaba cansada para nada! Habló y habló sobre cómo solo se había cortado otras dos veces y que no se había picado debajo de las uñas ni una vez.

—Todo lo que tienes que hacer es tocar el algodón como si estuvieras tocando las cuerdas de una guitarra, ¡como nos enseñaron nuestros abuelos! —Y de su costal de algodón, dijo—: Míralo, está grande, y ya pesa casi cien libras. ¡Y aún me faltan tres horas para la última pesada del día!

Al verla alejarse más orgullosa que un gallo, mi familia no dudó que ella cosecharía cien libras, y probablemente más de eso.

Inspirado por Espy, cuando llegó la hora de la pesada final a las 6 de la tarde, estaba seguro de que había por lo menos ciento cincuenta libras en mi costal. Estaba cerca: pesaba ciento cuarenta. Desde el lonche, Espy había logrado pizcar casi cincuenta y cinco libras y arrastrarlas tras de sí.

Cuando el jefe de grupo dijo su nombre y pesó el costal y el capataz escribió el número en su libro rojo, Espy me miró y dijo, —¡Habría pesado más si Mamá no me hubiera hecho poner algo del algodón en su costal porque estaba preocupada de que el mío estuviera demasiado pesado para mí!

Sí, ¡mi hermanita era cosa seria!

Cuando pesaron el costal del último campesino como a las siete de la tarde, todos nos subimos al General y nos llevaron de vuelta al campamento. En el camino, todos hablaban del peso del algodón que

habían pizcado y de cómo los campos iban a necesitar otro pase para cosechar las cápsulas de algodón que aún no se habían abierto.

Aunque todos estábamos cansados y listos para cenar y darnos un baño, entre más hablábamos del dinero extra que haríamos gracias a la cosecha abundante, sentíamos menos cansancio y nos sentíamos más vivos. Hasta Espy, que parecía estar cansada cuando salimos del campo, empezó a sonreír más y más. Levantó los dedos con cortadas —que ya tenían venditas— para que todos los miraran. Eso era seña de que había trabajado tan duro como todos a su alrededor. Continuó anunciándoles a todos que había pizcado noventa y cinco libras. Luego sacó un burrito y le dio una mordida.

—Lo guardé de mi lonche —dijo orgullosamente.

✳ ✳ ✳

Después de que llegamos al campamento, nos bañamos, cenamos y preparamos la ropa para el siguiente día. Dimos las gracias por nuestro día, dijimos "Amén" y nos acostamos. Nos deseamos buenas noches unos a otros, y cuando Papá le dijo buenas noches a Espy, él le dijo que Mamá y él estaban muy orgullosos de ella. Todos la felicitamos también.

Como era común en Espy, exclamó: —No fue nada. ¡Ya lo verán mañana!

Nosotros nos quejamos y le dijimos algo cómo "ya lo veremos".

Papá después nos dio las gracias también a nosotros por nuestro trabajo. —Cada uno de ustedes nos hicieron sentir muy muy orgullosos a Mamá y a mí.

Nuestro primer día de trabajo había terminado, el cuarto se silenció y para cuando Mamá se arrodilló para rezar el rosario, Espy y el resto de nosotros ya nos habíamos dormido.

CAPÍTULO SEIS
La víbora

Habían pasado tres días en la pizca de algodón. Espy aún estaba haciendo un buen trabajo, pero creo que todos podían notar que con cada día que pasaba, ella empezaba a entender que estábamos trabajando doce horas al día bajo el sol ardiente y que lo haríamos por las próximas cuatro o cinco semanas sin un día libre.

Cuando veíamos a Espy batallar, la alentábamos diciéndole que lo estaba haciendo muy bien. Nos agradecía y luego actuaba como si nada le molestara. Para ser honesto, no estábamos seguros que ella necesitara aliento. Seguía cosechando casi ochenta libras al día, y nunca se quejó. Era valiente y fuerte, mucho más valiente y más fuerte que yo cuando empecé a pizcar algodón.

Fue en el cuarto día, un jueves, cuando habíamos pizcado el primer surco y estábamos a medio camino en la otra dirección cuando de repente oí que Espy estaba llorando. Levanté la vista y vi que Mamá estaba hablando con ella. Ya la había visto hablándole así

antes el día anterior y durante nuestro primer descanso para tomar agua, pero no le puse mucha atención. Mientras miraba a mi alrededor para saber dónde estaba el capataz, me di cuenta que los demás de la familia se habían detenido y también estaban tratando de entender qué le estaba pasando a Espy. Levantaron los hombros y los brazos para saber si yo sabía algo. Les hice el mismo gesto y vocalicé: —No sé dónde está el capataz. —Pero no me entendieron lo que les quería decir.

Les grité: —¡El capataz! ¿Lo ven?

Apuntaron en dirección del General, y Lala gritó, —¡Allá está! Está hablando con el jefe del grupo.

Papá rápidamente pasó por encima del surco en el que estaba trabajando hacia el de Mamá. Al ver que estaba trabajando tan rápido como podía hacia mi dirección, yo empecé a trabajar rápidamente para encontrarlo a medio camino.

No pasó mucho tiempo para que Papá estuviera lo suficientemente cerca como para decirme: —Es Espy, está llorando.

Papá miró en su dirección y dijo: —Quiero que te apures a llegar a la sección que yo ya pizqué en el surco de tu mamá, y luego quiero que te detengas y que nos esperes, ¿entiendes?

Le respondí que sí, y luego Papá empezó a pizcar hacia Mamá y Espy.

Para cuando llegué al lugar donde Papá había entrado al surco de Mamá, escuché a Papá, Mamá y Espy caminando detrás de mí. Espy estaba luchando para no llorar, pero era imposible.

—Lo siento, Papá. Lo siento. Estoy tratando. Estoy tratando —repetía una y otra vez.

Lo único que Papá decía era: —Está bien, Espy. Está bien. Estás tratando, m'ijita. Estás tratando. Hazte fuerte, bebé.

—Rézale a la Virgen de Guadalupe para que te dé fuerza, m'ijita —le sugirió Mamá y luego sacó el algodón del morral de Espy y lo puso en el de ella.

Espy intentó ser valiente, pero entre más trataba, más difícil se le hacía. Sus lágrimas se convirtieron en sollozos y su cuerpo empezó a temblar.

Mamá exclamó: —El capataz . . . ¡Ahí viene! ¡Ahí viene!

Volvimos a trabajar, hasta Espy, pero mientras las pisadas del caballo se acercaban más y más y se sentían más y más fuertes, Espy dejó caer las manos a sus costados y empezó a llorar.

El capataz se acercó en su caballo y gritó enojado: —¡¿Qué rayos hace?! ¡¿Por qué llora?!

—No —dijo Papá y levantó las manos y se paró entre Espy y el capataz—. Está bien. Está bien.

—Bueno, si está bien —gritó el capataz—, vale más que se ponga a trabajar, ¡ya! ¿Me entiendes, muchacho?

—Sí, señor —dijo mi padre y rápidamente se volteó. Con un tono que nunca había oído, gritó: —Esmeralda, ponte a trabajar y deja de llorar. ¡Deja de llorar ya!

Mi hermanita nunca había oído a Papá hablarle de esa forma tampoco. La asustó tanto y aunque seguía llorando, empezó a trabajar rápidamente.

—¿Qué te dije, Paco? —le gritó el capataz a Papá—. ¡Si tus hijos no te dejan trabajar, se verán sin trabajo más rápido que lo que canta un gallo!

—Sí, señor —exclamó Papá—. ¡Lo entiendo! ¡Lo entiendo!

Pensé que Papá necesitaba ayuda, y grité en una voz no muy alta para que el capataz no pensara que yo estaba siendo irrespetuoso —¡Yo le ayudaré!

—¡Junior! —gritó Papá.

El capataz se acercó a mí en su caballo, miró para abajo, se fijó en mi cara y preguntó: —¿Qué dijiste?

—Dije que yo le puedo ayudar.

—¿Ayudarla? —preguntó el capataz—. ¿Le ayudarás a qué?

—Con el trabajo —dije cuando Papá me llamó otra vez.

—Tú crees —dijo el capataz, y se bajó del caballo y caminó hacia mí—. ¡¿Qué les estamos pagando treinta centavos por libra, unos malditos treinta centavos por libra, para que tú le ayudes a alguien más a hacer su mugre trabajo?!

No supe qué responder.

El capataz se agachó para verme cara a cara y me dijo: —¡Te hice un pregunta, muchacho!

Miré a Papá, pero parecía que había una distancia entre nosotros: una distancia en la que un niño de repente se veía transformándose en un hombre, un hombre que ya no podía correr a su padre para que éste corrigiera el error que había hecho. Había una mirada triste en los ojos de mi padre, una mirada que decía: —No, no, mi hijo, mi hijito. No estoy listo para dejarlo cargar el peso del mundo en sus hombros.

Papá se pasó los cordones del morral y del costal sobre la cabeza y corrió tan rápido como pudo hacia mí y el capataz. En el mismo tono que había usado con Espy, gritó: —Ponte a trabajar, Junior. ¡Ya!

Hice lo que me ordenó, y luego Papá empezó a hablar con el capataz en una voz baja que sólo éste podía oír.

—Ponte a trabajar, Junior —Mamá me susurró—. Ahora —agregó con voz temblorosa.

El tono de su voz me asustó. Miré a Espy y pude ver que a ella también le daba miedo. Los tres empezamos a trabajar tan rápido como pudimos. Cuando me asomé a ver a Papá de reojo, vi que el capataz lo observaba con una mirada que comprendí inmediatamente que nosotros le pertenecíamos y que él podía tratarnos como quisiera.

Quería gritar que esto no era justo, que estábamos haciendo lo mejor que podíamos, que mi hermanita estaba cansada, que *todos* estábamos cansados, que necesitábamos los domingos para poder descansar. . . . Justo cuando estaba a punto de voltearme para decirle al capataz lo que sentía y mis manos seguían pizcando sin pensar, estiré mi mano para tomar de la cápsula una bolita lo más blanca y esponjosa que había visto. Cuando acerqué mi mano, algo se movió debajo de esta. Vi un par de ojos pequeños; una lengua negra partida e dos, larga y delgada; unos colmillos empapados de veneno. Los ojos de la víbora se ensañaron contra mí, y la víbora me atacó. De repente sentí el pinchazo de su mordida en la mano.

Mamá vio que bruscamente quité la mano de la planta. Ella supo de inmediato que algo malo había sucedido. Señaló y gritó: —¡Una víbora!

Antes de que pudiera gritar otra vez, el capataz corrió más allá de ella con la pistola en la mano. Se oyó un fuerte disparo, y el cuerpo de la víbora salió volando por el aire —una parte para allá y la otra para acá.

—¡Una cascabel diamante! —anunció el capataz.

Sentí mi mano rara, como si se estuviera quemando y durmiendo. Cuando Papá corrió hacia mí gritando y desatándose el pañuelo del cuello, me senté en la tierra.

—¡¿Tienes tu navaja?! —preguntó desesperado al amarrarme el pañuelo encima del codo de la mano con el piquete. El capataz rápidamente puso un palo en el nudo y le dio vuelta para que el pañuelo me apretara más y más.

—Sí —dije—, está en mi bolsillo.

Papá metió la mano en el bolsillo de mi pantalón y sacó la navaja. La abrió, me quitó el guante y cortó una cruz pequeña en medio de donde la víbora me había mordido. Luego puso su boca sobre la cruz y empezó a chupar. Chupó y escupió, chupó y escupió, una y otra vez.

Para cuando chupó y escupió por lo que creí era la décima vez, mis hermanos y hermanas y Sammy estaban parados sobre nosotros.

—Tenemos que llevarlo al hospital —dijo el capataz—. ¡Ahora!

Papá me cargó sobre su hombro y empezó a correr hacia el General. Detrás de él, yo podía oír a Sammy gritando —¡Atrás! ¡Póngalo en la caja de la troca!

Empecé a sentir como si estuviera en un sueño, un sueño del que no sabía si iba a despertar. Podía oír a Papá decir: —Toma, ¡tómalo! ¡Tómalo!

Mamá estaba gritando: —¡Pero es todo el dinero que tenemos!

Papá insistía diciendo: —¡No me importa! ¡Tómalo!

—¿Pero y qué con la Migra? —preguntó Mamá.

Papá gritó. —Lleva mi carta. ¡Dile al doctor que yo soy Junior!

Luego Lala quiso saber: —Pero, ¿y qué va a pasar con Mamá? Si ella va al hospital, ¡se la va a llevar la Migra!

Papá gritó: —¡Vayan! ¡Vayan! ¡Por favor, váyanse!

De repente me encontré en la caja del General. Mamá estaba llorando a mi lado. Estaba tratando de asegurarse de que el pañuelo en mi brazo no se soltara. Todo el tiempo oía a mis hermanos y a mis hermanas que lloraban.

Por encima de todo, oí que Sammy dijo: —No se preocupen, yo sé adónde llevarlo.

El General cobró vida y empezó a moverse por el camino. Lo último que oí fue al capataz gritar: —¡Se acabó el show! ¡Todos a trabajar, ya!

CAPÍTULO SIETE
Curandera

Sentía el calor de la tarde azotando por las tablas de la caja del General. Mamá sostenía mi cabeza sobre su regazo mientras rezaba. Yo seguía diciéndole que todo estaba bien. Ella repetía: —Ya lo sé, ya lo sé. —El camino estaba muy movido. De vez en cuando el General pasaba por un bache que nos movía bruscamente a mí y a mi mamá para un lado y otro.

El camino siguió muy movido hasta que el General disminuyó la velocidad y dio la vuelta. Después de eso, el camino se sintió como la carretera a casa, suavecita. No había nada sobre mí más que el cielo azul enmarcado por las tablas del General. Esa vista duró poco tiempo, luego vi ramas llenas de hojas por encima de las tablas. Las ramas pasaban una tras otra hasta que el General disminuyó la velocidad y escuché el chillido de los frenos.

Cuando se abrió la puerta trasera, creí escuchar a Sammy decir: —Ya llegamos.

Mamá estaba llorando: —¡Apúrate! ¡Apúrate!

Me cargaron por lo que parecía ser un túnel de enredaderas moradas, rosas y blancas, las mismas flores que mi abuela cultivaba en su jardín y que yo regaba desde que era lo suficientemente grande para cargar un balde con agua.

Se oyó la voz de una mujer que decía: —Por aquí . . .

Me llevaron por una casa que no reconocí y me metieron a un cuarto donde pude oler el incienso que se quemaba. Noté que había libreros llenos de botellas de diferentes colores y de distintos tamaños y formas. De las paredes colgaban crucifijos por aquí y por allá, por todos lados.

—Acuéstenlo aquí —oí decir a la señora.

Sammy explicó: —¡Lo mordió una cascabel diamante!

—¿La mataron? —preguntó la señora.

—El capataz —dijo Mamá—, le disparó.

—¿La trajeron consigo?

—No —dijo Sammy—, pero puedo ir por ella si usted quiere.

—Ya veremos —dijo la mujer tranquilamente—. Ya veremos.

La mujer tomó un jarro del librero y derramó algo que parecía ser tierra en su mano.

—¿Qué es eso? —preguntó Mamá.

—Guaco. Guaco seco, —dijo la mujer mientras lo frotaba sobre la parte donde la víbora me había mordido y susurró algo que sólo podía ser una oración, una oración que duró sólo unos segundos.

—La botella, ésa, la que está al lado de las otras, —dijo la mujer, apuntando.

—¿Ésta? —preguntó Sammy.

—Sí, sí.

Escuché que derramaban algo, que meneaban algo.

Luego la mujer dijo: —Necesito que te tomes lo que está en este vaso. Va a saber feo, pero debes tomarlo. Tómalo todo.

Intenté hacer lo que dijo la mujer, pero sabía como la medicina para la tos que mi abuela me daba cuando me resfriaba. Y también olía al whisky que Tío José llamaba "la bebida del Diablo". Escupí un poco de lo que había tomado. Cuando finalmente pude tragarme algo, lo vomité.

—Tiene que tomárselo —la mujer le dijo con tranquilidad a Mamá.

—Tómatelo, Junior —rogó Mamá—. Por favor, Junior, tómatelo.

Fue entonces que sentí que me dolía la panza. Me di cuenta de que no podía sentir mi brazo, mi mano, ni el resto del cuerpo. No podía ver muy bien, y mi ropa

estaba empapada de sudor. No sé, en verdad, si me tomé la bebida o cuántas veces escuché que la mujer dijo, "Tiene que tomárselo, tomarse otro vaso".

Sí sé que vomité . . . una, dos, tres veces, tantas que me asusté mucho y empecé a llorar. Decía y decía una y otra vez, igualito que Espy: —Lo siento, Mamá. Perdóneme. Estoy tratando. Estoy tratando.

Lo último que recuerdo es ver a Mamá llorando y preguntando una y otra vez: —¿Está haciendo efecto? ¿Está haciendo efecto?

De repente me encontré solo en el cuarto. Estaba oscuro, y yo estaba parado. Mi ropa ya no estaba mojada; estaba limpia y seca. Oía el leve sonido del viento soplando, y entonces oí que alguien estaba detrás de mí. Me di vuelta y miré una ventana que no había visto antes en el cuarto. Las cortinas estaban abiertas lo suficiente como para que entrara un rayito de luz dorada.

Entonces sentí algo en la mano. Miré hacia abajo y vi mi navaja. Estaba abierta, se podía ver la hoja más larga. Caminé hacia la ventana. Hice una cruz debajo del marco de la ventana. Abrí las cortinas. Vi los tendederos enfrente de un campo lleno de algodón. Colgando de un tendedero estaban una sábanas blancas y unos pantalones y unas camisas en todos los colores del arcoíris. Al principio, el viento hizo que las sábanas

y la ropa oscilaran como papalotes bailando en el cielo del oeste texano. Pero el viento aumentó más y más, y las sábanas y la ropa trataban de quedarse colgadas en los tendederos, pero no pudieron. Fueron arrancadas. Como alfombras mágicas, las sábanas, las camisas y los pantalones volaron hacia el horizonte en el viento que los elevó sobre el campo de algodón y, cuando desapareció la última pieza, los tendederos, la ventana y el cuarto también desaparecieron.

Me encontré afuera de frente al campo de algodón. Estaba callado, pero entonces oí el tenue ruido de la conversación entre un hombre y una mujer. Sus voces venían de algún lugar del campo de algodón, pero no los podía ver. Sólo los vi cuando el hombre y la mujer se pararon. El hombre se limpió la frente, y la mujer tomó un trago del jarro de agua.

De repente entendí que ellos eran mis abuelos, Abuelito Faustino y Abuelita Corina. Al verlos, me pregunté, ¿Cómo es posible esto? Ellos habían muerto cuando yo tenía seis años. ¿Cómo es que estaban parados allí enfrente de mí . . . vivos y trabajando?

Entonces, de pronto vi a mis bisabuelos Emilio y Luciana, a mis tatarabuelos Agustín y Yolanda. Ellos también estaban trabajando en los campos, trabajando al lado de esas personas que había visto en las fotos de hace mucho tiempo. Toda mi familia estaba allí: tías

abuelas, tíos abuelos, algunos de mis primos . . . toda la familia . . . o todos los que habían pasado de este mundo al otro.

Me preguntaba si ellos me verían a mí, los llamé y agité los brazos para enfrente y para atrás sobre mi cabeza. De vez en cuando, pensando que oían una voz familiar que los llamaba, se detenían y miraban en mi dirección. Trataban de darle sentido a lo que escuchaban e identificar a la persona que estaba en la distancia.

—¡Soy yo! ¡Soy yo! —grité y grité—. ¡Soy Junior! ¡Junior! ¡El hijo de Emilio y Victoria!

Pero por más que intenté, no podía hacer que me oyeran o que me vieran, pero eso ya no importó porque un rayo de luz me cegó por unos segundos. Cuando pude volver a ver, mi familia ya no estaba trabajando en los campos de algodón. Estaban jugando en el Parque Campesino. Algunos estaban jugando a la traes, otros a los encantados y otros . . . otros en los juegos del parque que era una mezcla de juegos modernos y viejos, los antiguos estaban hechos de madera y los nuevos de acero cromado.

Traté con todas mis fuerzas de hacer que me oyeran y que me vieran. Cuando vi que no había nada más que hacer para que supieran que estaba allí, corrí más allá del Conejo y la iglesia San José y atravesé el zacate verde del parque. Corrí hasta que me dolió el costado,

pero aunque estuviera corriendo tan rápido como podía, ellos seguían en la misma distancia.

Me detuve para recuperar el aliento y pensar en el siguiente paso. Me agaché y puse mis manos sobre las rodillas. Cuando levanté la vista, mi familia había desaparecido, y me encontré parado en un mar de palomitas de maíz. Los granos de maíz estaban tronando, volaban por aquí y por allá y por todos lados. Con cada maíz que reventaba, las palomitas en el suelo subían más y más, pasaban mis rodillas, cintura, pecho, cuello. Sabía que me estaba ahogando. Justo cuando el mar de palomitas me pasó la barbilla, los labios, los ojos, la frente y la parte superior de mi cabeza, sentí que algo se movió debajo de mí. Temí que fuera la cascabel diamante que había vuelto para acabar conmigo. Pisoteé fuertemente con los pies una y otra vez. Estaba pisoteando algo tan suave y esponjoso como el algodón. Esta cosa algodonosa me estaba levantando más y más como una escalera eléctrica. Cuando por fin salí por encima de todo ese mar de palomitas, que para ahora había dejado de reventar, descubrí que era una almohada lo que me había salvado, una almohada de algodón tan grande que sólo podía pertenecer a un gigante.

Me senté allí encima de mi almohada gigante que era tan grande como una isla y floté sobre el mar de

palomitas que subía y bajaba. El sol estaba brillando y el cielo estaba azul, era el azul más rico y bello que nunca antes había visto. Extendí los brazos sobre mi cabeza y mientras mis manos tocaban el cielo, los dos agujeros donde estaba la mordida de la víbora había desaparecido. Agité los brazos como si estuviera haciendo saltos de tijera y luego lo volví a repetir. De repente, estaba nadando en el espacio entre el cielo azul y el mar de palomitas. Estaba tan tranquilo que las corrientes de viento me movieron de un lado a otro. Estaba volando libremente por el mundo.

Entonces fue cuando recordé que cada vez que tenía hambre cuando era pequeño y trabajaba en los campos, me imaginaba que el algodón era palomitas de maíz para no sentir el hambre. Cuando estaba cansado me imaginaba que mi costal de algodón era una almohada tan grande como la de un gigante. El gigante era un amigo que con gusto me prestaba su almohada para que yo tuviera un lugar suave para descansar mi cabeza. Cuando sentía calor me imaginaba que el cielo azul era el mar y que yo estaba trabajando debajo de él, y si lo deseaba, podría nadar en el fresco viento entre la tierra y el cielo junto con los pájaros, los búhos, los peces y las ballenas.

Al deslizarme por el aire, no había nada más suave que el sonido del viento que susurraba y soplaba a mi lado.

Luego vi una luz suave y brillante rodeando a una mujer que pensé era la Virgen de Guadalupe. Entonces entendí que la mujer que estaba parada sobre mí era Mamá. Estaba inclinada sobre mí y se tapaba y destapaba los ojos con un movimiento rápido diciendo: "¡No me ves! ¡Te veo!"

¿Estaba durmiendo? ¿Despierto? ¿Vivo? ¿Muerto?

Escuché la voz de Mamá otra vez. Me llamó suavemente: —Junior. Junior.

Sentí que mis párpados aleataban como las alas de las mariposas. Abrí los ojos. Ahí fue cuando vi a mis padres. Estaban parados en ambos lados de mi cama. Me dieron un abrazo y besos.

Luego Mamá dijo: —Junior, aquí estamos tu papá y yo, m'ijo. Estamos aquí.

No estaba seguro si me oían, dije: —Sí, Mamá, lo sé.

—Te queremos.

—La víbora, me mordió.

—Sí, —dijo Papá—, te mordió.

Levanté mi mano y vi que estaba vendada.

—Él podrá irse con ustedes mañana —les dijo la mujer—, cuando ustedes terminen con el trabajo. Pero no podrá trabajar por unos días.

Mamá le dio las gracias a la mujer, y oí que Mamá pronunció su nombre por primera vez: —Gracias, Esperanza. No sé qué habría hecho si mi bebé hubiera muerto.

Al ver que Mamá empezó a llorar, Papá caminó al otro lado de la cama y la tomó en sus brazos, y dijo: —Bueno, es mejor que volvamos al campamento. Junior tiene que descansar y los niños deben bañarse y comer.

Me dieron un beso de despedida y me desearon buenas noches.

Cuando se alejaban caminando, pregunté: —¿Cómo están los demás?

—Están bien —dijo Mamá.

—¿Y Espy?

—Te extraña —dijo Papá.

Mamá repitió: —Ella te extraña.

—Díganles que los quiero.

Esperanza les deseó una tarde llena de bendiciones y luego oí que la puerta de malla se abrió y se cerró. Cuando volvió al cuarto, prendió una vela con la imagen de la Virgen de Guadalupe y la puso encima del librero enfrente de mí.

—Tu madre te trajo esto —me explicó. Con la Virgen resplandeciendo sobre mí, le pregunté a Esperanza cuánto tiempo había dormido—. Desde ayer, cuando llegaste.

—Entonces, ¿cómo un día y medio?

—Sí —dijo—, más o menos.

¿Un día y medio? No me parecía que hubiera dormido tanto. —¿Cuándo podré volver a trabajar? ¿A estar con mi familia?

—Tu familia vendrá por ti mañana para llevarte con ellos, pero no podrás volver a trabajar por lo menos por dos días, si no más.

¿Dos días sin trabajar? ¿O más? ¿Cómo? me pregunté. ¿Cómo puedo quedarme sin trabajar dos días o más cuando ya le he costado a mi familia mucho dinero al perder día y medio?

—La cena —dijo Esperanza en bajito—, ya casi está lista.

—Gracias —dije—, pero, no tengo hambre.

—Es la sopa de tomate que hace tu mamá. Te la trajo. Se supone que era una sorpresa.

—Estoy bien, en serio.

—Mira, si quieres trabajar tienes que recuperar fuerza, y para tener fuerza tienes que comer.

Quería decirle que lo que me estaba diciendo era cierto. La sopa de tomate de mi madre era mi favorita,

pero más que nada quería contarle de mí, de mi vida, de mis esperanzas y sueños. Luego quería preguntarle si mis esperanzas y sueños se harían realidad y si me convertiría en un hombre y un campesino como Papá. Pero no lo hice porque sabía que esas preguntas eran algo que ningún hombre debe preguntar.

En vez de eso susurré: —Suena bien un tazón de la sopa de Mamá.

—¿Sí? —dijo—. Sí, suena muy bien. ¿Lo hueles?

—Sí —respondí—, sí lo huelo. —Luego dije lo que diría un hombre—, Gracias, Esperanza. Gracias, muchas gracias por salvarme.

Ella cerró la puerta y dijo: —De nada. No es nada.

Sabía que Esperanza pronunciaba cada palabra con intención. Para ella, el salvarme no era nada. Ella sólo estaba haciendo lo que era su llamado, el ser curandera.

La única luz en el cuarto era la de la vela que había traído mi madre. Levanté la vista hacia la Virgen de Guadalupe y recé como lo hacía cuando tenía ocho años y por primera vez trabajaba en los campos de algodón en el oeste texano: —Dame fuerza —le rogué—. Dame fuerza, por favor.

Cerré los ojos e hice mi mejor esfuerzo para no llorar. Pensé en el dinero que mi familia estaba perdiendo, y en mis hermanos y mis hermanas trabajando en los campos y bajo el sol del oeste de Texas mientras yo

estaba aquí, descansando en una cama suave y calientita. Y a pesar de todas mis preocupaciones encontré paz y consuelo en el aroma de la sopa de tomate de Mamá y en el suave resplandor de la Virgen. Deseé que todo por lo que yo había pasado sirviera de protección a mi familia para que no perdiera el trabajo que nos daría el sustento para el resto del año. Y si había logrado eso, entonces todo por lo que había pasado habría valido la pena.

CAPÍTULO OCHO

Esperando

Al día siguiente tarde por la tarde, esperé a mis padres en la sala de la casa de Esperanza. Ya se estaba oscureciendo. Se estaba poniendo tan oscuro que Esperanza tuvo que prender la luz del porche. La puerta se abrió, y el olor de las enredaderas se coló por la puerta de malla. Estaba sentado perfectamente quieto cuando vi a Papá y Mamá.

—Ya llegaron —le grité a Esperanza.

Ella entró de la cocina secándose las manos en el delantal. Abrió la puerta de malla y saludó a mis padres. Papá y Mamá se disculparon por no haberse bañado antes de venir por mí. Esperanza les dijo que no se preocuparan, que estaba contenta de verlos.

En cuanto Mamá entró a la sala, me dio un abrazo fuerte y empezó a llorar.

La abracé fuerte también y dije: —Está bien, Mamá. Estoy bien.

72

Nos abrazamos por un largo rato. Su cuerpo se sentía tan pequeño y cálido, y su olor me recordó de cuando era pequeño. De cuando ella me tomaba en sus brazos a la medianoche cuando yo me despertaba y ella me cantaba para que me durmiera.

—Te quiero, m'ijo —dijo—, con todo mi corazón.

—Yo también te quiero —respondí—, con todo mi corazón.

Nos dimos un beso en la mejilla, respiré profundo al mismo tiempo y luego nos soltamos.

—Junior —dijo Papá y se agachó para que nos diéramos un abrazo y un saludo—. ¿Cómo estás, m'ijo?

—Estoy bien, Papá.

—¿Estás listo?

—Sí —dije—. Lo estoy.

—Qué bueno, me da gusto oír eso.

—¿Dónde están todos?

—En la Blanca —dijo Mamá.

—¿Puedo ir a decirles hola?

—Sí, claro —dijo Mamá.

Volteé hacia Esperanza y le di las gracias por salvarme la vida.

—No fui yo —dijo, apuntando hacia el cielo—. Fue Él. Él fue quien quiso que tú vivieras.

—Esperanza —le pregunté— ¿me hace un favor?

—Sí, claro. Dime.

—¿Podría rezar por mi hermanita Espy?

—Sí —dijo—, siempre.

—Y por ti —Esperanza agregó—, los mantendré a ti y a tu familia en mis oraciones.

—Gracias —dije—. Gracias por todo.

Ella se inclinó y nos dimos un abrazo, y luego me dio un beso en la mejilla. —Adiós, Emilio —dijo.

Abrí la puerta de malla y salí de la casa. Caminé por el túnel de las enredaderas, podía sentir y oler el mundo a mi alrededor. Estaba en paz.

Cuando llegué al final del túnel, miré la Blanca. Brillaba bajo la luz de la media luna. Adentro estaban mis hermanos y mis hermanas esperándome. Al verme caminar hacia ellos, salieron de la Blanca y corrieron hacia mí. Llegaron a donde estaba y me abrazaron y gritaron: —¡Junior! ¡Junior! ¡Te extrañamos! ¡Te extrañamos!

—Yo también los extrañé —dije.

—Hubieras visto esa cascabel diamante —exclamó Oscar—, estaba tan larga como la Blanca.

—No le creas —dijo Lala—. Estaba tan larga como un lazo de juguete.

—¡Estaba más larga que eso! —lloró Oscar, y luego agregó—, Sólo parecía estar más corta porque el capataz la partió por la mitad con un disparo.

—¿Puedo ver tu mano? —preguntó Juan Daniel.

Levanté la mano para que la vieran, y dije: —Está vendada.

—¿Cómo se ve? —preguntó Oscar.

—Tiene un moretón grande —dije.

Oscar agregó: —Apuesto que está morado y rojo y amarillo y . . .

—¿Te duele? —preguntó Espy.

Les dije que sí, un poco, y luego traté de hacer un puño, diciendo: —La puedo cerrar, pero no por completo.

—¿Y cómo vas a trabajar? —preguntó Oscar—. ¿Si ni siquiera puedes cerrar la mano?

—No podré, por lo menos por un par de días.

—¿Quién dijo? —quiso saber.

—Esperanza.

—¿La curandera? —preguntó Oscar—. ¿Qué sabe ella?

En ese preciso momento supe lo que era ser hermano mayor. —Ella me salvó —dije— y por eso, siempre tenemos que estar agradecidos de ella. ¿Qué tal si hubieras sido tú, Oscar, al que le mordió la víbora de cascabel? ¿Qué si hubieran sido Papá o Mamá o uno de nuestros hermanos o hermanas? ¿Qué habríamos hecho? ¿Adónde habríamos ido? No tendríamos a nadie, a nadie. Estaríamos a la misericordia de aquéllos que pueden hacer con nosotros lo que quieran . . . como

el capataz o la Migra. Entonces qué, ¿eh? ¿Qué pasaría? ¿Quieres averiguarlo? ¿Quieres? ¿Quieres eso?

De repente me di cuenta que sonaba malo y que Oscar probablemente se sentía como yo me sentía cuando el capataz me gritaba. Dejé de hablar.

Me alegró mucho, mucho que Mamá gritara detrás de mí: —¡Vámonos! Súbanse.

Antes de que todos nos subiéramos a la camioneta, Oscar pidió disculpas por lo que había dicho sobre Esperanza.

Nos subimos a la Blanca. Yo delante con Mamá y Papá, y los niños atrás. Se prendieron sus luces. Manejamos por la carretera flanqueada por árboles y dejamos la casa de Esperanza atrás. Mientras nos alejábamos, los árboles se iban haciendo más y más pequeños hasta que ellos y la suave carretera que nos alejaba de la casa de Esperanza desaparecieron.

Frente a nosotros, la luz tenue de la media luna se estiró sobre un mar de algodón. Había silencio. Mamá estiró la mano y prendió la radio. Se escuchó un corrido, y el ruido del motor de la Blanca mantuvo el ritmo perfecto de la canción. Condujimos en silencio por un buen rato. Miré hacia el algodón, las estrellas, la luna y la carretera al frente. Cerré los ojos y me sentí que me perdía en el sueño.

Volteé la cabeza y vi que Lala sostenía a Espy en los brazos. Mis hermanos dormían con las cabezas entre sus rodillas elevadas.

Bajé la cabeza y agradecí a Dios por mi familia y por haberme salvado. Cuando dije "Amén", recordé que mañana era domingo y que no iríamos a la iglesia hasta que volviéramos a casa.

CAPÍTULO NUEVE

Nuestros domingos

Para cuando me levanté a la mañana siguiente, todos excepto Espy ya se habían ido al trabajo. Estaba en la mesa coloreando.

—¿Espy?

—Junior —dijo—, buenos días. ¿Tienes hambre? ¿Quieres un burrito? ¿Agua? Se supone que yo te tengo que cuidar. Dime lo que necesites, lo que sea.

—¿Qué hora es? ¿Sabes?

—Como las ocho. ¿Tienes calor? Te puedo traer una toalla húmeda.

No sentía calor, pero Espy tenía tantas ganas de cuidarme que le dije que sí. Mojó una toalla y me la trajo corriendo.

—¿Quieres un burrito? Mamá dijo que podía hacernos todos los que quisiéramos.

—Dos —dije—, dos burritos suenan perfecto.

—¡Perfecto! —gritó.

Mientras calentaba tortillas y frijoles, le dije que me iba a vestir. Saqué unos pantalones de trabajo y una camiseta y me metí al baño. Mientras me cambiaba la ropa, me di cuenta de que mi padre aún tenía mi navaja.

Estaba a punto de abrir la puerta del baño, cuando decidí mover la cortina y asomarme por la ventana. Los campos estaban limpios. Ya habían pizcado todo. Solté la cortina y luego busqué la cruz que había hecho en la ventana en nuestro primer día para ver cómo estaba. Estaba bien, pero a su lado había una segunda cruz en la pared. Por un segundo pensé en preguntarle a Papá si él la había hecho, pero decidí que era mejor no, porque preguntárselo no era lo que haría un hombre.

Para cuando salí del baño, Espy tenía la comida en la mesa, completa con vasos con agua fría.

—Saqué el chile verde —dijo—. Sé que te gusta mucho.

—Gracias, Espy. Se ve bien rico.

—De nada.

—Y gracias por quedarte para cuidarme.

—De nada otra vez.

Abrí los burritos y les puse una cucharada de chile verde en medio a cada uno y los volví a enrollar. Antes de darles una mordida, le tomé la mano a Espy. Cuidando de no apretar muy fuerte mi mano herida, ella me

tomó las manos y agachamos las cabezas. Juntos rezamos la oración que Mamá nos enseñó: "Bendícenos, Dios, y bendice los dones de tu bondad que estamos a punto de recibir a través de Cristo, Nuestro Dios. Amén".

Cada uno le dio una mordida a su burrito, y Espy dijo: —La comida de Mamá es la mejor.

—Sí —dije—. La mejor.

—Hoy es domingo, ¿sabes?

Tratando de no sonar triste, dije: —Sí, lo sé.

—Me gustaría ir a Misa.

—A mí también.

—¿Será cierto que San José es tan linda por dentro como dice Lala?

—Sí, es linda. Es como la catedral en la ciudad de México.

—¿La Metropolitana?

—¿La recuerdas, Espy? ¿La Catedral Metropolitana?

—Tenía cuatro años —dijo—, pero recuerdo que Papá y Mamá nos llevaron. Nunca nunca me olvido de nada.

Sonriendo, dije: —Sí, lo sé.

—¿Tiene San José un altar dorado como la Metropolitana?

—Sí, tiene uno que va desde el suelo hasta el techo, y en cada lado tiene estatuas de San José y de la Virgen de Guadalupe.

—Espero poder verlo antes de que nos vayamos.

Quería decirle que seguramente lo vería, pero no lo hice . . . —Pero si no lo vemos este año, siempre podremos verlo el próximo.

Espy se quedó callada unos segundos y luego preguntó: —¿Crees que vamos a parar en algún lugar antes de irnos del campamento?

—No lo sé.

—Oscar dijo que lo haríamos.

—Bueno, no te creas todo lo que Oscar te diga. Yo no le creo todo.

—Yo tampoco le creo —dijo—. Sólo preguntaba.

Se quedó callada hasta que al fin dijo: —Si la familia no tuviera que trabajar hoy, ¿qué estaríamos haciendo?

—Estaríamos desayunando.

—Burritos de chorizo, ¿cierto? ¿Con tortillas recién hechas?

—Así es, con las tortillas que Mamá habría hecho temprano por la mañana . . . su aroma nos habría despertado . . . haciéndonos sonreír hasta antes de despertar. Y Papá estaría afuera platicando con los otros trabajadores cerca de la hoguera.

—Y luego nos vestiríamos en ropa de domingo, ¿cierto?

—Así es —dije—, y luego nos subiríamos a la Blanca para ir a la iglesia.

—Y el padre Frank estaría allí como siempre, esperando para darnos sus "Buenos días, familia Hernández. ¿Cómo están?"

—Así es —dije—, y cuando la Misa terminara, los hombres se juntarían con su grupo y las mujeres con el de ellas.

—Me pregunto —dijo Espy—, de qué hablan las mujeres.

No dije nada, pero yo también siempre me preguntaba de qué hablaban los hombres y las mujeres cuando no había niños alrededor.

—Algún día tú vas a estar allí platicando con ellas y sabrás de qué hablan.

—Quizás —dijo, suspirando—, quizás.

—¿Qué pasa, Espy?

—El capataz.

—¿Qué con el capataz? —pregunté.

—Él me está pagando por hora.

—Por hora, eso no está mal.

—Sólo me paga diez centavos por hora.

—Diez centavos es mucho dinero.

—No, no lo es, Junior. Tú lo sabes. Ya no soy una bebé. Yo sé que no es mucho dinero.

Espy se quedó callada y parecía que estaba a punto de llorar.

—Lo siento. Ya sé que no eras una bebé. Eres como yo cuando tenía ocho años.

—No —dijo—. No lo soy. Tú nunca lloraste cuando te metiste en problemas con el capataz cuando tenías ocho.

—Espy —le dije—, yo lloré el primer día que trabajé.

Espy abrió los ojos bien grandes y preguntó: —¿En tu primer día?

—Sí, en mi primer día, a apenas unas cuantas horas después de que empezamos a trabajar. La única diferencia es que yo dejé de llorar cuando el capataz se acercó en su caballo.

—¡Yo no lloré hasta el cuarto día! —exclamó ella.

—El cuarto día —repetí—. Me gustaría haber pasado los primeros cuatro días sin llorar.

—¿Oscar lo sabe?

—Nadie lo sabe —dije—, sólo Papá y Mamá.

—No te preocupes —dijo—. Nunca se lo contaré a nadie. Será nuestro secreto.

—Tú guardas mi secreto y yo el tuyo.

Confundida, preguntó. —¿Cuál?

—¡Qué tú me vas a dejar salir a caminar! —dije riéndome—. ¿Qué dices?

—¿No se lo vas a contar a nadie?

—¡Te lo prometo!

Lavamos los trastes y después cerré la puerta con la llave que mis padres le habían dejado a Espy. Todo estaba en silencio afuera. No había nadie.

—Los domingos —dije—, no son así cuando todos regresan del trabajo. Hay gente por todos lados . . . haciendo lo que quieren. Los más jóvenes corren por las sábanas y la ropa que cuelga de los tendederos y juegan a perseguirse y a los encantados.

—Así como nosotros en el Parque Campesino.

—Así mismo —dije—, y los niños y las niñas más grandes vuelan tantos papalotes que el cielo se llena de ellos. Después juegan a las canicas o lanzan centavos, y los más grandes jugamos béisbol o béisbol de patada, justo allá.

—¿Ese es tu campo? —preguntó Espy.

—Sí, lo es —dije.

—Pero no es nada más que un terreno de tierra —dijo.

—Sí y no. Pero cuando estás en un juego y el sol se está poniendo y tienes que meter un jonrón para que tu equipo gane antes de que se oscurezca por completo, y los hombres están hablando alrededor de una

fogata y las mujeres alrededor de la de ellas, y alguien toca una guitarra y alguien más una armónica y alguien canta una canción y todos hablan español, y el olor a tortillas y el café está por todos lados y hay comida, todo tipo de comida cocinándose, y su olor está por todos lados . . . Bueno, entonces, Espy, esto no es sólo un pedazo de tierra, es lo que llamamos nuestro pedazo de cielo, aquí en la tierra.

—Y cuando se hace muy tarde, las familias se dan las buenas noches y cada una se va por su lado. Mamá nos cocina una cena especial . . . a veces hace enchiladas, otras burritos y tacos . . . y otras carne asada y siempre las acompaña con arroz, frijoles, chile verde y un vaso lleno de hielo con Hi-C de naranja.

—Comemos todo lo que queremos. Y luego oímos música en español en la radio. Papá y Mamá juegan a las cartas y al dominó, mientras que nosotros hacemos lo que queremos. La única regla es que cada quien hace lo que quiere en silencio . . . para que nuestros padres descansen un poco del ruido.

Caminamos por unos minutos y luego Espy preguntó: —¿Crees que sólo tendremos que trabajar seis días a la semana el próximo año?

Como cuando hizo la pregunta sobre la iglesia, quiero decirle que hay una buena posibilidad de que sólo trabajemos seis días a la semana el próximo año pero no

lo hago. En vez de eso le digo lo que Papá dice siempre:

—Ya veremos. Ya veremos. —Luego digo—, ¿Espy, es domingo y estamos aquí, ¿cierto? Así es que, ¿sabes qué?

—¿Qué? —ella preguntó.

—Creo que debemos hacer esas cosas que acostumbramos a hacer los domingos. ¿Qué dices?

—¡Creo que tienes razón! —exclamó.

—¡Yo también!

Así es que corrimos por los tendedores jugando a atraparnos y a los encantados el resto del día. Sacamos dos papalotes y los elevamos y luego los atamos a un palo para que no se volaran. Después volamos otros dos papalotes y no hicimos nada más que verlos bailar para aquí y para allá en el cielo azul del oeste texano. Eran bellos, pero no tan bellos como mi hermanita y la maravilla en su mirada.

Volamos los papalotes y lanzamos centavos. Luego dibujamos un círculo gigante en el pedazo de tierra usando el palo más largo que encontramos. Jugamos a las canicas y Espy ganó los centavos y las canicas. Luego jugamos béisbol y al béisbol de patada. Corrimos las bases e hicimos carreras para ver quién llegaría a la pelota de béisbol o kickball primero. Cuando el sol empezó a ponerse, Espy nos hizo burritos y un vaso

de Hi-C con hielo. Luego nos sentamos y jugamos a las cartas y al dominó hasta que oímos al General.

¡Ya llegaron! ¡Nuestra familia estaba en casa!

Espy y yo salimos a saludarlos a todos.

Cuando Mamá nos preguntó cómo habíamos pasado nuestro día, Espy le dio a Mamá la llave y dijo: —Bien, Mamá, estuvo bien.

Mamá sabía que había algo más que "estuvo bien", pero también sabía que fuera lo que fuera que hubiera pasado, debería quedar entre hermano y hermana.

Después de que todos se bañaron, Mamá nos hizo una cena especial de burritos de chorizo con arroz y frijoles y chile verde de acompañamiento. Bajamos las cabezas y rezamos, y luego comimos en silencio. Podía ver que estaban cansados. Quería darles las gracias por su trabajo y decirles que deseaba estar tan cansado como ellos, pero no lo hice. Sabía que los domingos no eran para sentir pena por nosotros mismos. De todos modos, quería llorar, pero porque era un hombre, no lo hice. En vez de eso me dije: —Sé fuerte, Junior, sé fuerte.

CAPÍTULO DIEZ
El último día

El resto del tiempo que trabajé en los campos de algodón del oeste de Texas, traté de trabajar más duro que los demás en mi familia. Cuando mi costal se pesaba durante el almuerzo y al final del día, cada vez pesaba cerca de ciento cincuenta libras. Mientras trabajaba no les decía ni una palabra a Papá o a Mamá hasta que ellos me la dijeron primero. Cada noche mientras íbamos de vuelta al campo decía una oración pidiendo a la Virgen de Guadalupe que me diera fuerzas. Pero aunque yo trabajara muy duro, Espy trabajaba tanto como yo. Su pago pasó de los diez centavos por hora a treinta centavos por cada libra de algodón que pizcaba. Nunca se quejaba de nada, cuando llegaba la hora del almuerzo, nunca abría su lonchera antes que mis padres.

Sin embargo, en el último día mientras los trabajadores esperaban a que llegara el capataz para pagar-

les, recordé que era una niña pequeña. Lloró cuando se despidió de su nueva mejor amiga, Manuelita.

Espy no era la única que estaba triste con las despedidas. En todo el campamento los trabajadores se estrechaban las manos, las mujeres se daban el último abrazo y los jóvenes les soltaban la mano a las jóvenes que habían conocido y enamorado. Para cuando llegó el capataz, los hombres, y sólo los hombres, ya habían formado cola enfrente a la casita de Sammy. Era allí, justo afuera de la puerta, donde el capataz siempre ponía la mesa para pagarles a todos. El capataz estacionó su brillante Ford pickup al lado del General. Los primeros dos hombres en la cola le ayudaron a Sammy a poner la mesa y la silla del capataz, mientras que éste sacaba la caja de metal con el dinero y la ponía sobre la mesa.

Estábamos esperando en la Blanca, y yo podía ver cómo el capataz le entregaba el dinero que le debía a los hombres en un sobre. Si el hombre tenía familia, él le daba el dinero que se le debía a toda la familia. Nadie contaba el dinero. Se te pagaba lo que se te debía. Si no te gustaba, "No vuelvas".

Conforme los hombres iban recibiendo su pago, se daban vuelta y le daban la espalda al capataz, caminaban rectos y orgullosos, y sus sonrisas se agrandaban más y más hasta que les daban un abrazo a sus esposas

y les entregaban los sobres con suficiente dinero para pagar los gastos de todo el año.

Observé a mi papá avanzar en la cola y me pregunté en qué estaría pensando, y cuándo sería yo lo suficientemente grande para pararme en la línea con él.

Cuando llegó su turno, Papá se acercó a la mesa y saludó a Sammy y al capataz, y luego, con el pago en la mano, Papá se dio la vuelta y se alejó. Caminó recto y orgulloso, y su sonrisa creció más y más hasta que se sentó en la Blanca y le entregó el sobre a Mamá.

Mamá le dio un beso y un abrazo y luego empezó una oración de agradecimiento. Después nos dieron las gracias a mí y a mis hermanos por trabajar tan duro. Cuando llegara el inicio de la escuela nos entregarían a cada uno un sobre con suficiente dinero para comprar ropa y útiles escaleras.

—Ya está —anunció Papá—. ¡Vamos a casa!

La Blanca cobró vida con un rugido. Creo que estaba tan contenta como nosotros de volver a casa. Saludamos a todos los que miramos mientras avanzábamos por el camino de tierra. Mamá prendió el radio y le subió, pero no mucho.

—¿Próxima parada? —preguntó Papá.

Se dio un segundo de silencio y luego todos, excepto Espy, empezamos a cantar: —¡Pete's! ¡Pete's ¡Pete's! ¡Pete's!

—¡Lo sabía! —Exclamó Espy por encima de nuestras voces—. ¡Todas las historias sobre Pete's eran ciertas!

Las historias sobre Pete's *eran* ciertas. Era una tradición, una tradición de la familia Hernández parar en Pete's Drive-In cada año antes de subirnos a la carretera. Cada uno ordenaba su propia hamburguesa con queso y una Coca Cola. Pero todos nosotros, Papá y Mamá, compartíamos las papas fritas. Pero esta vez, oímos a Papá ordenar las hamburguesas con queso, las cocas y una orden de papas fritas ¡para cada uno de nosotros! Cuando lo oímos, nos volvimos locos. Y Mamá no nos dijo que nos calmáramos.

Como siempre, me dormí de vuelta a casa. Y como siempre, no hice nada más que soñar que estaba pizcando algodón. A veces soñaba con los surcos de algodón que nunca acababan o con un costal tan lleno de algodón que no podía moverlo, no importaba cuánto lo intentara. Pero esta vez soñé que el capataz estaba sentado encima de su caballo gritándome, mientras que Espy estaba llorando detrás de mí. Sus ojos brillaban más y más y, justo cuando se encendieron tanto como el sol, abrió la boca y se transformó en una víbora con unos colmillos largos y afilados. Justo cuando estaba a punto de atacarme, mi familia —la pasada y la presente— y hasta Espy, corrieron y se pararon enfrente de mí. El capataz, al ver que había perdido el poder, desapareció con su caballo en una nube de humo negro.

CAPÍTULO ONCE
Sólo dos

Los sueños sobre el capataz y la pizca de algodón en el oeste texano se quedaron conmigo por mucho tiempo. Siempre parecía que, justo cuando estaban a punto de no aparecer más, era hora de volver. Había pasado un año. Yo ahora tenía catorce años, y estaba a punto de cumplir los quince. Estaba ansioso por ir y trabajar, pero esta vez pasó algo que no esperaba.

Un domingo, cuando llegamos a casa de la iglesia, mis padres nos llamaron a la sala. No sabía lo que querían, pero sabía que sólo hablaban con todos a la misma vez cuando tenían que decirnos algo importante.

Mis hermanos, hermanas y yo esperamos calladitos hasta que Papá dijo: —Cuando éramos pequeños, tu mamá y yo teníamos que trabajar en los campos con nuestras familias cada año. Nunca nos podíamos quedar en casa. Nuestro sueño siempre ha sido que nuestros hijos se queden en la escuela, y que cuando la escuela termine, que ellos no tengan nada más que

hacer que correr y jugar hasta que la escuela vuelva a empezar.

—Nuestras mamás y nuestros papás también compartían nuestros sueños, pero para ellos ese sueño nunca se hizo realidad. Ahora, gracias al dinero que ganamos como familia el año pasado, ese sueño se ha hecho realidad para su mamá y para mí.

Al oír esto, mis hermanos y mis hermanas se volvieron locos. Espy le dio un beso a Papá y a Mamá, diciendo: —¡Gracias, Papá! ¡Gracias, Mamá! —Luego, en bajito, dijo—, Pero yo quería ver la iglesia de San José por dentro. —Pausó lo suficiente para verme y guiñarme el ojo y luego exclamó—, Pero, está bien, ¡siempre está el próximo año!

Espy y los demás salieron corriendo a jugar. ¿Y yo? Yo me quedé adentro. No me moví ni dije nada.

Mamá me preguntó si estaba bien.

Cuando no le respondí, Papá dijo que si tenía algo que decir, que lo dijera.

No dije nada inmediatamente, pero al final les solté que quería ir a trabajar, que necesitaba trabajar para nuestra familia. —Quiero ser un hombre, Papá, un hombre y un campesino, como tú.

Cuando dije lo que tenía que decir, no lloré, no me sentí triste ni actué de manera infantil porque sabía que un hombre no actuaría así.

Mis padres se quedaron sentados en silencio, y luego Papá me entregó mi navaja.

Me dijo: —Si eso es lo que quieres, Junior, entonces puedes ir.

—Sí —susurró Mamá—. Puedes ir, pero quiero que tengas cuidado y que le ayudes a Papá a limpiar y a cocinar.

—Quiero que los dos me llamen cada domingo sí o sí. ¿Entienden?

Papá prometió que llamaríamos, y yo prometí que tendría cuidado y que le ayudaría a mi padre en todo lo que pudiera. Me guardé la navaja, me paré y estreché la mano de Papá y a Mamá le di un abrazo y un beso en la mejilla.

—Estoy orgullosa de ti, Junior —me dijo—, bien orgullosa.

La tarde antes de empezar el viaje, lavé la Blanca. Nos despedimos de Mamá con un beso y nos subimos a la camioneta. Una bolsa llena de burritos iba entre Papá y yo, y habían dos galones de agua con pedacitos de hielo junto a mis pies. Papá rezó para que tuviéramos un viaje seguro. Mientras nos alejábamos, disminuyó la velocidad y miró por el espejo retrovisor y dijo: —Mira.

Me di vuelta y miré. Mamá estaba parada en la puerta de malla y mis hermanos y hermanas estaban a

los lados diciéndonos adiós. Tenían un año más de edad, y cuando me volteé y miré hacia adelante, recé para que no crecieran tan rápido.

Llegamos en menos de seis horas a la oficina en donde contrataban a los trabajadores. La cola estaba corta, lo más corta que habíamos visto. Estaba parado detrás de Papá y pretendí que Mamá nos estaba mirando desde la Blanca y que estábamos jugando a las escondidillas. Imaginé que me escondía un par de veces y que ella hacía lo mismo, luego me puse a mirar hacia adelante, como Papá.

Cuando fue nuestro turno, Papá le entregó al capataz una carta mostrándole que tenía permiso para trabajar en el norte. Después de revisar la carta y escribir el nombre de Papá, el capataz preguntó: —¿Habla inglés?

Papá dijo: —Sí, sí hablo inglés.

Me pregunté si el capataz recordaría a alguno de los trabajadores que veía año tras año, o hasta aquéllos que habían sido mordidos por una víbora o a los niños que se habían transformado en hombres frente a sus ojos.

El capataz preguntó: —¿Cuántos vienen a trabajar?

Sonreí cuando Papá dijo: —Dos, sólo dos.

El capataz me miró a mí y no a mi papá, y preguntó: —¿Dijiste dos?

—Sí —dije—. Sí, señor, sólo dos.

Viendo como si recién hubiera despertado de un sueño, de una pesadilla sobre el algodón y las víboras, el capataz se paró y miró a lo largo de la línea. Se inclinó hacia un lado y luego al otro, y luego miró por la ventana hacia donde estaban estacionados los carros y las trocas. No se veían esposas ni niños. Se quitó el sombrero vaquero, se rascó la cabeza, se volvió a poner el sombrero y se volvió a sentar.

—¿Qué pasa con ustedes, mexicanos flojos? —dijo—. Hacen su buen dinero un año y al siguiente ya nadie viene a trabajar.

Papá lo oyó, pero no dijo nada.

—Diecisiete centavos la libra —dijo el capataz al escribir el nombre de Papá en el libro rojo con renglones azules. Debajo de la columna para hombres, escribió el número dos.

—La casa de campo cuesta veinte dólares a la semana. ¿Quieren una?

—Sí —respondió Papá—. Por favor.

El capataz escribió D-2 en la tarjeta amarilla. Cuando se la entregó a Papá dijo: —Pedro Garcia será tu jefe de grupo. Él los estará esperando a las seis de la mañana. Trabajaremos de lunes a sábado. Tienes libre el domingo. ¡El que sigue!

Nunca me había quedado en el Campamento D antes, pero no importaba. El baño tendría una ventana

por la que podría ver los tendederos y los campos de algodón y diría una oración para agradecer el tener los domingos libres y de que el sueño de mis padres se hubiera hecho realidad. Dejaría marcada una cruz debajo de la ventana y esperaría para ver si aparecía otra cruz al lado.

Papá y yo salimos de la oficina y pasamos a los demás trabajadores en la línea. Papá caminó recto y orgulloso. Yo hice lo mismo.

Mientras caminábamos a la Blanca, quise preguntarle a Papá si había visto que el capataz había escrito el número dos, pero no lo hice. Sabía que un hombre no tenía que decirle o demostrarle a otro que ya era un hombre. Él sabía que era un hombre, y nada más, fin de cuento.

Ya adentro de la Blanca, Papá no encendió el motor inmediatamente. Yo sabía que quería decirme algo. Sin embargo, en vez de hablar se dio vuelta y miró por la ventana del asiento del conductor hacia el mar de algodón y, luego, hizo un sonido que nunca antes lo había oído hacer. Empezó a llorar —lloró callado como un hombre, luego libremente como un niño y finalmente tan desesperadamente como un bebé.

No dije nada, porque sabía que eso es lo que haría un hombre. En ese momento hice lo que haría un hijo, abracé a Papá, cerré mis ojos y oí que el tiempo se alejó

flotando. Pensé en él, en Mamá y en mis hermanos y hermanas. Recé para que algún día yo pudiera darles una vida en donde ellos no tuvieran nada más que hacer que correr y jugar.